Os guardiões do Dragão Dourado

Editora Appris Ltda.
1.ª Edição - Copyright© 2023 do autor
Direitos de Edição Reservados à Editora Appris Ltda.

Nenhuma parte desta obra poderá ser utilizada indevidamente, sem estar de acordo com a Lei nº 9.610/98. Se incorreções forem encontradas, serão de exclusiva responsabilidade de seus organizadores. Foi realizado o Depósito Legal na Fundação Biblioteca Nacional, de acordo com as Leis nos 10.994, de 14/12/2004, e 12.192, de 14/01/2010.

Catalogação na Fonte
Elaborado por: Josefina A. S. Guedes
Bibliotecária CRB 9/870

A769g 2023	Aronovich, Tristan 　Os guardiões do dragão dourado / Tristan Aronovich. – 1. ed. – Curitiba: Appris, 2023. 　106 p. ; 21 cm. 　ISBN 978-65-250-4626-6 　1. Literatura fantástica brasileira. 2. Fantasia. 3. Contos de fadas. 4. Imaginação na literatura. I. Título. 　　　　　　　　　　　　　　　　CDD – B869.3

Editora e Livraria Appris Ltda.
Av. Manoel Ribas, 2265 – Mercês
Curitiba/PR – CEP: 80810-002
Tel. (41) 3156 - 4731
www.editoraappris.com.br

Printed in Brazil
Impresso no Brasil

Tristan Aronovich

Os guardiões do Dragão Dourado

Appris editora

FICHA TÉCNICA

EDITORIAL	Augusto V. de A. Coelho
	Sara C. de Andrade Coelho
COMITÊ EDITORIAL	Marli Caetano
	Andréa Barbosa Gouveia - UFPR
	Edmeire C. Pereira - UFPR
	Iraneide da Silva - UFC
	Jacques de Lima Ferreira - UP
SUPERVISOR DA PRODUÇÃO	Renata Cristina Lopes Miccelli
ASSESSORIA EDITORIAL	Bruna Holmen
REVISÃO	Mateus Soares de Almeida
PRODUÇÃO EDITORIAL	Bruna Holmen
DIAGRAMAÇÃO	Bruno Ferreira Nascimento
CAPA	João Vitor Oliveira dos Anjos
REVISÃO DE PROVA	Bianca Silva Semeguini

Para minha maninha, Mari,
que me apresentou o gnomo Cleo e hoje vive em Ókumdara.

Agradecimentos

Na minha experiência em cinema, música, teatro ou dança, aprendi que uma obra artística não se faz sozinha. É preciso ajuda, parcerias, apoiadores, colegas e amigos. Com *Os guardiões do dragão dourado* não foi diferente. Ainda que o processo da criação e da escrita sejam processos solitários, para trazer o livro ao mundo preciso agradecer a muita gente que acreditou na importância deste trabalho: Raquel Cunha, Hannah Assayag, a família do Instituto Stanislavsky: Thiago Carvalho, Bethinha Revorêdo, Renata Bozzy, Paola Rodrigues, Nadhia Gagaus, Vanessa Castro, Karen Alves, Letícia Chaddad Silva, Natália Morais Barreto Vianna, Henrique do Rosário Guimarães, Larissa Araújo, Ana Elisa Ferreira Moro, Anna Dalmei, Rafael Matos, Ana Izabel Martins, Bianca Montana, Rafa Quaresma, Paloma Sayuri Ferreira Matsumoto, Fernanda Freitas Periodontia e Laser, Helena Vila Verde, Aluísio Brandão, Flávio de Jesus Nascimento Alves, Guilherme Soares, Kai, Amanda Maxi, Gisele Branco, Carolina Coghi, Wendell Lima, Giulia Forjaz, Carol Liss, Diow Lucena dos Santos, Miguel Luiz Santa Rosa, Rafael Gouveia, Thaís Valéria, Luiz Carlos Farias, Clarice CSO Prates, Luana Melo, Josué Albanese de Abreu, Pritt Soares, Cissa Sacioti, Carlos Alexandre J Seyssel Arrelia II, Giovana Póvoas, Louise Loeser, Leonardo Sidney, Duda Giovanella, Joe Kyster e Jefferson Henrique.

A todos esses "guardiões", meu muito obrigado! Ókumdara vive!

Apresentação

Muito se fala sobre poderes extraordinários que diversas figuras místicas ou sagradas revelaram e expuseram ao longo da nossa história. A "parte não explorada" do cérebro. A magia. Os feitos inexplicáveis. Os milagres. O metaverso. Seja sob o rótulo que for, o oculto e o desconhecido sempre fascinaram a humanidade. Mas quais são as chaves que abrem as portas para o invisível? Para o infinito? Todas as possibilidades fantásticas dos mitos, fábulas, contos de fadas, livros e filmes de fantasia presentes em tantas culturas diferentes foram de fato criações e invenções da mente humana ou será que encontram suas raízes e origens em dimensões mais próximas do que podemos conceber ou imaginar? De modo quase lúdico e poético, *Os guardiões do dragão dourado* aborda possibilidades e caminhos para encontrarmos essas chaves. Engana-se quem acredita que essa é apenas uma aventura fantástica infantojuvenil. Assim como *O pequeno príncipe*, de Saint-Exupéry, a linguagem simples e acessível oferece reflexões profundas e essenciais para todos nós, independentemente da idade. Uma homenagem surpreendente à literatura e à fantasia e um apelo de resgate ao poder real e transcendente que nos habita: a imaginação.

Para minha surpresa, fui informado que existem pessoas
que nunca viram um gnomo.
Impossível deixar de sentir pena delas.
Com certeza, não devem enxergar muito bem...

(Axel Munthe)

Sumário

1.
OS SEIS AMIGOS 15

2.
ÓKUMDARA 19

3.
AS MENSAGENS 31

4.
PRIMEIRAS BATALHAS 49

5.
OS SEIS AMIGOS EM AÇÃO 55

6.
O FIM DE MITRA 61

7.
A ÚLTIMA BATALHA 73

8.
O RETORNO 103

1.

Os seis amigos

ocê acredita mesmo em todas essas coisas? Acredita em elfos, em dragões, em duendes... em papai Noel?

Aquela pergunta doía como um tapa nos ouvidos de Luara. Claro que ela acreditava. Por que sua professora tinha que ser tão cabeça dura? Todas aquelas coisas existiam, sim!

— Mas, professora — respondia Luara —, só porque a gente não consegue enxergar uma coisa, não significa que ela não exista!

— Luara — insistia a professora —, eu sei disso, querida. Mas você já tem 12 anos, já está na hora de se interessar por outras coisas também. Todas as suas redações são sobre esse mundo fantástico! São bonitas, mas você pode escrever sobre outras coisas também, sobre seu bairro, seus amigos, sua escola.

— Isso a gente já vê todos os dias! Por que eu vou descrever a escola se a senhora já sabe exatamente como ela é? Muito melhor eu contar coisas desconhecidas, descrever coisas que a gente não vê a toda hora.

— Que a gente não vê nunca, Luara! Essas coisas não existem! Aqui está sua redação, mas eu queria que a próxima fosse diferente.

Luara apanhou a redação das mãos da professora com o rostinho triste. Ninguém acreditava naquelas coisas todas, mas ela tinha certeza que aquilo era tão real quanto as mesas e cadeiras em sua sala. Por que as pessoas acham que só existe aquilo que a gente consegue enxergar? Então quer dizer que, só porque nós não enxergamos, não existe vida em outros planetas? Um universo infinito, milhões e milhões de estrelas e galáxias e só o nosso planeta é habitado? Luara achava um egoísmo pensar assim. Com certeza devia haver muitas outras formas de vida por aí, mas ainda não era o momento de enxergá-las. O mesmo acontecia com os elfos, fadas, dragões... aquilo tudo não podia ter sido inventado. Tantas histórias, tantas lendas e mitologia. Não podia ser tudo invenção. Tudo devia existir em algum lugar ou em algum tempo muito diferente do nosso. Disso ela tinha certeza, assim como ela tinha certeza de que em algum dia veria um elfo ou um castelo rodeado de fadas e criaturas mágicas.

A aula de matemática ia passando devagarzinho enquanto a imaginação de Luara voava por batalhas entre ogros e anões, princesas sendo resgatadas das garras de bruxos maléficos ou hordas de trolls sendo contidas por cavaleiros do rei.

— Luara!!! Presta atenção na aula!

Sempre era esse grito da professora que trazia Luara de volta para a lousa. E então os castelos encantados se desfaziam e abriam espaço para contas e multiplicações.

Todos os dias a mesma coisa se repetia: assim que batia o sinal, Luara juntava suas coisas e saía quase correndo da escola. Chegava à casa, almoçava rápido para poder fazer o dever de casa antes das três e então preparava sua mochila preciosa: dados de várias cores e tamanhos, livros sobre criaturas fantásticas e por último seu fiel acompanhante, um pequeno boneco de chumbo, uma miniatura de um guerreiro elfo montado em um belo cavalo que exibia um chifre, ou corne, por entre a crina que lhe cobria os olhos — um unicórnio.

Com essa mochila, Luara estava pronta para embarcar nas aventuras que a tarde lhe reservava. Às três horas, sua mãe chegava do trabalho e então podia levá-la até a casa de sua melhor amiga, Mariah. Sempre às terças e quintas-feiras, muitos amigos da escola se reuniam na grande garagem que os pais de Mariah haviam transformado em um salão de jogos, e ali, juntos, viviam aventuras inesquecíveis.

Além de Mariah e Luara, nunca faltavam Pedro, Alex, Eric e Tatiana. A garagem da casa de Mariah era o sonho de qualquer criança. Espaçosa, grande, cheia de brinquedos espalhados, bonecas e bonecos de todos os tipos e tamanhos, casinhas, bolas e jogos. No centro, havia também uma mesa cercada de cadeiras onde os seis amigos se reuniam. Era ali, ao redor daquela mesa, que as aventuras começavam.

A cada dia um dos amigos era escolhido para ser o mestre, ou seja, para criar e narrar uma aventura fantástica, cheia de perigos e desafios, e os outros cinco precisavam então escolher personagens e viver a aventura narrada pelo mestre por meio de suas imaginações, superando todo tipo de problema que pudesse aparecer. As personagens escolhidas pelos amigos podiam ser bruxos ou bruxas, guerreiros ou guerreiras, elfos ou anões, e pelos dados, a sorte dos heróis era decidida. Esse jogo chamava-se RPG, e ali naquela garagem todas as terças e quintas das três até as seis e meia da tarde, os amigos jogavam seus dados coloridos e enfrentavam monstros inimagináveis, salvavam cidades, conquistavam tesouros e fugiam de exércitos de vampiros. Ali, tudo era real. A imaginação era a rainha.

2.

Ókumdara

Hamiser cavalgava tão veloz quanto o vento cortando as montanhas e planícies de Ókumdara, a Terra dos Encantados. Ele era forte, a pele clara como a lua, os seus cabelos longos com tranças voavam sobre a capa das duas espadas que carregava cruzadas em suas costas. Ele era um elfo, um rei elfo, e montava o animal mais veloz que qualquer rei poderia encontrar — um unicórnio chamado Agna, o último dos unicórnios.

Hamiser vestia um enorme colete metálico com um grande Dragão Dourado desenhado sobre o peito. Aquele era o símbolo dos Guardiões do Dragão Dourado, símbolo conhecido e respeitado em todos os sete mundos e em especial na Terra dos Encantados. Tão antigo quanto o tempo, o Dragão Dourado era a vida e a energia de Ókumdara, e deveria ser protegido a todo custo, pois a morte do Dragão seria o fim da própria Terra dos Encantados. Muitos séculos atrás, nove eram os Guardiões do Dragão Dourado. Hoje, porém, restavam apenas dois. Hamiser era um deles. Os outros sete guardiões já haviam tombado em batalhas que povoam as lendas de todos os povos.

Uma chuva forte molhava o guardião e seu unicórnio. Ókumdara estava devastada, desolada, coberta de solidão e tristeza. O céu, outrora tão claro e povoado de fadas e seres alados, agora era escuro e sombrio. O coração de Hamiser se enchia de tristeza ao olhar ao redor e ver vilas abandonadas, castelos destruídos, e, sobretudo, as legiões que atravessavam as planícies fugindo em desespero. O medo e a escuridão tomavam conta de tudo e todos. O Mal-sem-Rosto avançava rapidamente engolindo tudo que encontrasse em seu caminho.

Foi quando Hamiser avistou um grupo de quase vinte anões correndo pela planície. Suas expressões revelavam o terror puro. Eles carregavam nas costas mochilas enormes e machados. Hamiser dirigiu-se a eles.

— Para onde fogem? — perguntou Hamiser.

— Fuja, Elfo! — Gritou um dos anões — O Mal-sem-Rosto está próximo! É o fim de Ókumdara! Já vimos os servos malignos subindo as montanhas!

Enquanto corria, um dos anões reparou no colete de Hamiser com o símbolo do Dragão Dourado.

— Vejam! — Gritou o anão. — O elfo é um Guardião do Dragão Dourado!

Imediatamente todos pararam e curvaram-se levemente em sinal de respeito. Porém, logo um dos anões adiantou-se aflito:

— Vamos! Não há tempo a perder. Guardião ou não, nada nos salvará do Mal-sem-Rosto!

— Amigos — continuou Hamiser —, posso dar-lhes um conselho?

— Claro — respondeu um dos anões —, o conselho de um Guardião é sempre bem-vindo.

— Busquem refúgio no Templo de Gelo. Acredito que é um dos poucos lugares ainda seguros em Ókumdara. O caminho é longo e difícil, mas lá vocês estarão protegidos.

— É para lá que estamos indo, Guardião! Aliás, acredito que todos os que conseguiram escapar estão indo para o Templo de Gelo também.

Dito isso, os anões continuaram sua correria desvairada e Hamiser voltou a cavalgar na direção oposta, indo diretamente ao encontro daquilo que os anões temiam. Conforme avançava, a paisagem mostrava-se cada vez mais triste e arrasada. Ókumdara já fora um mundo lindo e seus habitantes, os Encantados, orgulhavam-se da beleza de sua terra. Era dos mais belos entre os sete mundos. As montanhas ocultavam castelos gigantescos e cascatas e cachoeiras de águas rosadas e transparentes local de repouso para clãs inteiros de elfos, fadas e gnomos que viviam em lindos vilarejos nas florestas e bosques encantados. Dragões alados das mais diversas cores e tamanhos cortavam os céus enquanto cavaleiros cruzavam a terra sob o comando dos Guardiões. E, no centro de Ókumdara, no maior de todos os palácios, erguia-se imponente o Templo de Cristal, onde vivia o Dragão Dourado, o maior e mais sábio de todos os seres encantados. Dizia-se que, antes mesmo de Ókumdara surgir, o Dragão Dourado já existia em outros mundos mais antigos, e que foi ele o primeiro a cruzar o Portal dos Sete Mundos para entrar na Terra dos Encantados.

Hoje, Ókumdara estava chegando ao fim. O Templo de Cristal fora completamente destruído pelo Mal-sem-Rosto, e o poderoso Dragão Dourado, após lutar e resistir heroicamente por quase duzentos anos, enfraqueceu-se tanto que foi obrigado a fugir para o Templo de Gelo, o mais longínquo e isolado dos Templos na Terra dos Encantados.

Os Elfos organizaram exércitos e legiões junto aos anões das montanhas e aos cavaleiros e bravamente iam de encontro ao Mal-sem-Rosto. As batalhas eram terríveis e inimagináveis, mas a escuridão do Mal-sem-Rosto e seus servos malignos eram implacáveis e cresciam a cada instante, aniquilando milhares e milhares de bravos guerreiros. Os unicórnios também formaram uma última linha de resistência junto aos magos e fadas, e, quando se puseram em frente ao Mal-sem-Rosto, toda Ókumdara tremeu, tamanho foi o impacto daquela batalha. Até hoje, mais de cem anos após o dia da luta, ainda se comentam as explosões e tremores que se alastraram por todas as direções quando os Unicórnios atacaram a escuridão e as fadas e magos bradaram suas varas encantadas lançando feitiços e magias indescritíveis. Aquela batalha retardou o avanço da escuridão, porém, mais uma vez, os servos malignos pareciam multiplicar-se cada vez mais, e mesmo toda a magia dos Encantados não foi o suficiente. Após anos de lutas, quase todos os unicórnios, magos e fadas haviam sido destruídos. Hoje, o último unicórnio ainda vivo era Agna, o cavalo de Hamiser.

Os encantados não tinham mais forças para resistir e agora apenas fugiam. Ókumdara desmoronava. O Templo de Gelo era o último foco de resistência, onde vivia o mais antigo dos Guardiões do Dragão Dourado. Ainda assim, Hamiser continuava sua cavalgada em meio aos destroços e castelos em ruínas.

— Vamos, Agna! Depressa como o vento! — Bradava Hamiser ao seu fiel unicórnio quando os dois adentraram a floresta de Élaz, onde viviam os encantados que povoam a mitologia de outros mundos.

Dentro de Ókumdara, Élaz era uma das florestas mais remotas e misteriosas. Com árvores enormes e escuras que pareciam ter vida própria, raros eram os aventureiros que penetravam suas matas e conseguiam sair com vida. Mesmo os Guardiões evitavam atravessar aquelas terras. Lá era possível encontrar centauros, seres encantados metade homem metade cavalo, os gryfos, animais incríveis com corpo de leão e cabeça e asas de águia, e também em Élaz reinava um dos mais temidos e poderosos habitantes de Ókumdara: o minotauro, um homem gigantesco com a cabeça de um touro.

Tudo estava silencioso e Hamiser diminuiu o ritmo de sua cavalgada. Não era inteligente entrar no reino de criaturas tão poderosas cavalgando sem cautela.

— Pare lá, Guardião! — Gritou uma voz poderosa. — O que te traz até Élaz?

Hamiser parou e olhou ao redor, mas não via nada além de árvores e pedras.

— Quem me chama? — Perguntou o Elfo. — Apareça sem medo pois venho em paz!

Uma risada estrondosa e possante varou os ares, e a mesma voz poderosa continuou:

— Por que eu deveria ter medo, Elfo? Em minhas florestas, nem mesmo uma legião de magos pode me derrubar.

E, de trás de uma árvore, surgiu uma figura aterradora: um corpo enorme e musculoso, coberto de pelos marrons ostentando uma gigantesca cabeça de touro. Era o minotauro, o rei de Élaz. Logo atrás seguiam três grandes gryfos, com as asas enormes abertas sobre os corpos fortes de leão e prontos para o ataque. Agna relinchou e preparou-se para uma batalha feroz, mas Hamiser conteve seu unicórnio.

— Salve, rei de Élaz — bradou Hamiser. — Sua luta não é comigo. Estou apenas de passagem. Mas por que ainda estão aqui? Não sabem que o Mal-sem-Rosto está avançando e logo chegará a Élaz?

— Sabemos — respondeu o minotauro. — E estamos esperando que ele chegue para provar a fúria dos seres de Élaz.

— Vocês pretendem enfrentá-lo?

— Claro, Guardião! O minotauro e os gryfos jamais fogem de um inimigo!

— É tolice! — Continuou Hamiser. — Fujam para o Templo de Gelo!

— E entregar Élaz para aqueles miseráveis da escuridão? Jamais!

— Mas não há chance! — Continuava o elfo. — Vocês sabem que é impossível derrotá-lo! Os mais poderosos de Ókumdara já tentaram e todos tombaram!

— Então morreremos lutando, Guardião! Mas jamais deixaremos Élaz! Servos Malignos já nos atacaram antes, e muitos gryfos e centauros morreram, mas nós os vencemos!

— A decisão é sua. Desejo-lhes sorte!

— E você, para onde vai, Guardião?

— Preciso chegar ao Portal dos Sete Mundos.

Mais uma vez o minotauro deixou soar sua possante gargalhada.

— Ao Portal do Sete Mundos? Isso é o mesmo que buscar a morte, Guardião. Seria mais fácil você ficar por aqui e nos ajudar a defender Élaz! Apenas os mortos podem atravessar o Portal.

Hamiser sabia que o minotauro estava certo. A ninguém era permitido atravessar o Portal dos Sete Mundos, apenas os mortos e os ciganos podiam transitar, e ainda assim com cautela. Em toda Ókumdara, somente o Primeiro Guardião do Dragão Dourado, rei do Templo de Gelo, tinha permissão para atravessar o portal uma vez por ano.

— Você está certo, minotauro — dizia Hamiser. — Minha missão é arriscada e pode custar minha vida, mas a única esperança para Ókumdara é buscar ajuda em outros mundos, e é por isso que devo atravessar o Portal. O Mal-sem-Rosto cresce a cada instante se alimentando não apenas de Ókumdara, mas também de outros mundos! É preciso restaurar o equilíbrio antes que seja tarde!

— Sua coragem é admirável, Guardião Hamiser. Um de meus gryfos o guiará até a saída de Élaz. Duvido que nos vejamos novamente.

— Apenas cumpro meu dever, rei de Élaz. Que seu combate com a escuridão seja um bom combate!

Um dos gryfos bateu fortemente suas asas e levantou voo. Imediatamente Hamiser e Agna passaram a segui-lo, cavalgando rápido por entre as árvores misteriosas de Élaz. Em poucas horas era possível avistar o final da floresta. O gryfo então deu meia volta e retornou, e, sozinhos, o guardião e o unicórnio saíram de Élaz, a seguir subindo rumo ao topo de uma montanha majestosa, a última montanha de Ókumdara. Do topo da montanha, o que se via fez os corações de Hamiser e Agna estremecerem: a escuridão cercava Élaz. Aos milhares, os servos malignos invadiam a floresta do minotauro, deixando para trás um rastro de destruição. Uma fumaça escura subia pelos ares e os gritos de guerra do rei de Élaz e deu seus fiéis gryfos podiam ser ouvidos por toda a Terra dos Encantados. Lágrimas escorreram pelo rosto de Hamiser.

OS GUARDIÕES DO DRAGÃO DOURADO

— Esse é o fim de Élaz, Agna. Fomos os últimos a ver essa floresta mágica. O minotauro e seus gryfos são guerreiros ferozes e tenho a certeza de que antes de tombar eles darão muito trabalho à escuridão.

A seguir, os dois deram as costas para o cenário trágico e desceram a montanha chegando a um terreno pantanoso e escuro, o final de Ókumdara. Uma neblina grossa e escura cobria o solo de lodo e, aos poucos, pedras de quartzo branco e ouro começaram a surgir em abundância ao redor de pequenas fogueiras que se estendiam até onde a vista podia alcançar. Ali era o território neutro, o território entre os mundos. Eles finalmente aproximavam-se do portal. Hamiser já podia ver ao longe a estrela de cinco pontas que assinalava o Portal dos Sete Mundos quando o medo lhe varou o coração. O elfo e o unicórnio estremeceram quando uma voz sinistra e aterradora berrou às suas costas:

— É perigoso afastar-se tanto de casa, elfo!

Hamiser virou-se rapidamente e o que viu era a imagem de um pesadelo: uma víbora negra gigantesca erguia-se pronta para dar o bote. Seus olhos eram o mal puro. Atrás, milhares de víboras menores rastejavam, cercando o elfo e o unicórnio. Uma camada de piche grosso e escuro parecia cobrir as escamas de todas as cobras, que abriam e fechavam suas bocas mostrando as presas negras e afiadas recheadas de veneno.

— Te afasta de mim, servo do Mal! — Gritava Hamiser, enquanto rapidamente empunhava as duas enormes espadas que trazia nas costas. — Estamos em território neutro! Em solo sagrado entre os mundos, aqui não pode haver batalhas, víbora! Retrocede e me deixa seguir meu caminho!

A víbora gigante escancarou sua boca, exalando um hálito podre enquanto mostrava presas tão enormes quanto as espadas do elfo.

— Território neutro? — Zombava a serpente. — Para meu senhor não existem territórios neutros! Tudo nos pertence!

25

— Até o Mal-sem-Rosto deve respeitar os territórios neutros! Esses territórios são regidos pelos superiores! Retrocede em nome do sagrado, servo do Mal!

— Cala-te, elfo! E te prepara para morrer!

A víbora ergueu-se para atacar e as milhares de serpentes menores ao redor aproximavam-se de Agna expelindo seu veneno quando então Hamiser ergueu suas duas espadas para o alto e bradou:

— Eu evoco o poder dos ocultos, dos eternos e sagrados e peço que façam de minhas espadas instrumento de Sua vontade e serventia de Sua Lei!

A seguir, Hamiser desceu suas espadas sobre as víboras e um clarão de fogo alastrou-se por onde as lâminas passavam, devorando centenas de víboras de um só golpe. A serpente retrocedeu por um momento preparando-se para atacar mais uma vez, quando uma voz possante atravessou os ares num grito:

— Quem ousa guerrear nos territórios neutros?!

Aquela voz era de Elégbára, o Guardião do Portal dos Sete Mundos, conhecido como o Guardião dos Caminhos, ou, como o povo de Ókumdara o chamava, o Senhor das Sete Encruzilhadas. Ele vinha coberto numa longa capa negra e somente era possível vislumbrar os olhos vermelhos flamejantes brilhando dentro de seu capuz.

Hamiser ajoelhou-se imediatamente depositando suas espadas no chão.

— Sou servo de sua lei, Senhor das Sete Encruzilhadas — disse Hamiser — e apenas me defendo contra os enviados do Mal-sem-Rosto.

Aproveitando que o elfo estava ajoelhado, a víbora gigante saltou para atacá-lo, mas rapidamente Elégbára a segurou com as próprias mãos.

— Víbora maldita! — Gritou o Guardião dos Caminhos. — Como se atreve a desrespeitar as Leis Superiores?

— Para meu senhor não existem leis!

Naquele momento, todas as serpentes menores voltaram-se para atacar Elégbára. Sem soltar a víbora gigante, Elégbára desceu seu capuz e revelou seu rosto de fogo puro, escancarando uma enorme bocarra e engolindo as milhares de cobras a seus pés enquanto soltava uma violenta gargalhada.

— Esse é o preço por desrespeitar as leis, víbora dos infernos!

— Quando meu senhor chegar, você será escravizado por toda a eternidade, Elégbára!

Elégbára soltou uma nova gargalhada e num movimento rápido engoliu a serpente gigante. A cada serpente que engolia, o Senhor das Sete Encruzilhadas aumentava de tamanho. Após eliminar a última das víboras, contraiu-se por um instante, escancarou mais uma vez sua bocarra e vomitou milhares de minúsculos ovoides sobre uma das fogueiras de quartzo e ouro. Foi só então que Hamiser percebeu que de todas as fogueiras partiam sons de gritos e lamentações. Aquele era o castigo por desrespeitar as Leis Superiores.

— E você, Hamiser? — Perguntou Elégbára. — O que te traz até aqui?

— Tenho um favor importante a pedir, Senhor das Sete Encruzilhadas.

Elégbara desatou a rir mais uma vez.

— Você sabe que não faço favores a ninguém, elfo!

— Eu preciso atravessar o Portal! Ókumdara está prestes a ser completamente destruída pelas forças do Mal-sem-Rosto! Preciso buscar ajuda em outros mundos!

— Isso não é problema meu, Hamiser! O povo de Ókumdara deve resolver suas questões em seu próprio mundo!

— Mas o Mal-sem-Rosto não está respeitando as fronteiras entre os mundos! Ele alimenta-se no mundo dos homens e destrói Ókumdara! Você mesmo acabou de ver que ele está desrespeitando todas as leis! Se isso não for parado agora, ele pode ganhar uma força inimaginável e até você estará em risco!

— Hamiser, o Guardião do Templo de Gelo tem permissão para visitar o mundo dos homens uma vez por ano. Por que você não pede a ele que venha?

— Ele não pode deixar seu Templo agora, Elégbára! Ele é o mais antigo dos Guardiões e está protegendo o Dragão Dourado além de dar abrigo aos milhares de fugitivos de Ókumdara.

O Guardião das Sete Encruzilhadas olhou Hamiser em silêncio por um instante.

— Você entende a seriedade do que está me pedindo, elfo?

— Entendo, Elégbára, e serei eternamente grato.

— Gratidão não é o suficiente, Hamiser, e você sabe disso.

— Se eu for vitorioso, coloco-me à sua disposição para o que for necessário.

— Não é uma decisão que eu possa tomar sozinho. Você deve me esperar enquanto consulto outros Guardiões.

Com uma grande pedra branca, o Senhor das Sete Encruzilhadas riscou um grande círculo no chão ao redor de sete símbolos mágicos. Na ponta do círculo, desenhou ondas que se partiam em três, como um tridente, e ali acendeu labaredas avermelhadas.

— Fique dentro do círculo, elfo. Aqui vocês estarão seguros caso outros servos do mal apareçam.

Hamiser e Agna entraram no círculo e assustaram-se quando as labaredas vermelhas se ergueram e os envolveram em espirais. Aquele fogo, porém, não os queimava, apenas trazia uma maravilhosa sensação de segurança e limpeza.

— Não temam esse fogo! — Disse Elégbára gargalhando. — Ele apenas queima aqueles que devem algo para a lei!

Dito isso, o Guardião das Sete Encruzilhadas foi em direção à estrela de cinco pontas e desapareceu no portal. Muito tempo se passou até que ele retornou silencioso. Com um movimento das mãos, apagou o fogo que envolvia o elfo e o unicórnio, e, dessa vez sem gargalhar, disse seriamente:

— Os outros guardiões concordaram, Hamiser.

O elfo ajoelhou-se sorrindo, mas Elégbára continuou:

— Decidimos que, a cada vez que o Mal-sem-Rosto desrespeitar a Lei, você poderá atravessar o portal, dessa forma manteremos o equilíbrio. Mas seja breve! E lembre que você não deve fazer nada que comprometa o equilíbrio de outros mundos! Vá! Sua passagem está segura.

Hamiser montou em Agna e rapidamente desapareceu sob a estrela de cinco pontas.

3.

As mensagens

Para Luara, era uma quarta-feira normal: tinha ido à escola, tinha feito seu dever de casa e agora, finalzinho da tarde, estava voltando da sua aula de natação. Estava animada pois no dia seguinte, na quinta-feira, seria a vez dela de ser o mestre no jogo com os amigos na casa de Mariah, então já estava planejando os detalhes da aventura que narraria.

Chegando à casa, Luara deixou suas coisas no quarto e foi direto para o banho. Ligou a água, estendeu sua toalha e de repente assustou-se: no parapeito da janela do banheiro, estava sua miniatura de chumbo, o guerreiro elfo montado no unicórnio.

— Ué?! — Disse Luara. — Eu tinha deixado você guardado na mochila, não tinha?

Luara enrolou-se na toalha e gritou pela porta do banheiro:

— Mamãe! Você deixou minha miniatura aqui no banheiro?

— O que foi, filha?

— Minha miniatura de chumbo! Está aqui no banheiro e eu sempre deixo guardado na mochila!

— Bom, você deve ter esquecido aí, Luara.

Luara olhava curiosa para a miniatura. Ela tinha certeza de que não havia esquecido o elfo no banheiro.

— Como você veio parar aqui?

Luara olhava ao redor tentando adivinhar o que estava acontecendo. Sabia que sua mãe não deixaria uma miniatura sua na janela. Então quem? Levemente um sorriso desenhou-se no rosto da garota e um arrepio percorreu-lhe o corpo.

— Está acontecendo, não é?

Luara riu e, enrolada na toalha, foi até seu quarto para colocar a miniatura sobre a estante.

— Agora você fica aqui, que eu preciso tomar banho.

E foi tomar banho, com a cabeça agitada pensando em mil possibilidades. Ao sair do banho, foi vestir-se em seu quarto. Algo estava estranho, diferente, essa estória da miniatura aparecer no banheiro ainda estava muito mal contada. Foi quando Luara parou, petrificada de susto — as surpresas daquela quarta-feira ainda não haviam chegado ao final: aos pés da miniatura, sobre a estante, havia um minúsculo pedaço de papel com alguma coisa escrita. Luara não acreditava em seus próprios olhos. Lentamente pegou o pedacinho de papel, as mãos tremiam, os olhos fixos na miniatura. Com calma, leu o que estava escrito:

— "Hamiser nome".

Luara não sabia como reagir. O que estava acontecendo?

— Hamiser — repetiu Luara baixinho e, a seguir, segurando a miniatura com cuidado: — esse é o seu nome? Hamiser? Eu não acredito que isso esteja acontecendo. Logo comigo? Eu fui escolhida?

As mãos de Luara tremiam quando ela se sentou na cama, ainda segurando a miniatura e o pequeno bilhete. Sua cabeça parecia girar rápido, dando mil voltas.

— Se isso é mesmo real, você pode me dar uma prova? Você pode se mexer, falar comigo? Responder minhas perguntas?

Não houve resposta e Luara foi dormir feliz e atormentada ao mesmo tempo. O que havia acontecido era maravilhoso, algo que ela jamais imaginara. Ao mesmo tempo, ela queria poder perguntar tantas coisas e também entender exatamente o que estava havendo. Seria uma brincadeira? Algo preparado por alguém? Talvez Mariah estivesse por trás disso. Não, não era possível. Estava mesmo acontecendo. Mas o quê? O que exatamente estava acontecendo?

No dia seguinte Luara mal conseguia se concentrar nas aulas. Não havia planejado uma aventura para o jogo de RPG com os amigos e agora estava tentando criar algo de última hora, mas era difícil. Sua cabeça só conseguia pensar na noite anterior, no nome "Hamiser" e na sua miniatura. Pediria para alguém ser mestre no lugar dela.

Chegando à casa para o almoço, correu para seu quarto para ver sua miniatura sobre a estante, mas o que viu a fez estremecer: a miniatura estava ali, no mesmo lugar onde a havia deixado. Mas havia algo mais — um outro pedacinho de papel.

— Mãe! — Gritou Luara antes mesmo de pegar o papel. — Algum amigo meu veio me visitar hoje ou outro dia e você esqueceu de me contar?

— Não filha, por quê? — Respondeu a mãe já da mesa de almoço.

— Nada não, mãe.

— Então vem almoçar, que a comida está na mesa!

— Já vou.

Lentamente Luara apanhou o papelzinho debaixo do boneco de chumbo: "precisamos de ajuda" — era o que estava escrito.

— O que está acontecendo? Hamiser, eu preciso entender o que está acontecendo — dizia Luara baixinho para não ser ouvida pela mãe. — Como isso está acontecendo? Quem é você? Como eu posso ajudar?

Luara deixou sua miniatura e foi almoçar. Passou o resto do dia quieta, pensativa. Chegou à pensar em contar tudo para o grupo dos seis amigos na casa de Mariah, mas achou que talvez não acreditassem nela, ou até mesmo rissem daquela estória, então preferiu guardar segredo.

A cada dia mais um pequeno bilhete surgia sob a miniatura e Luara já sabia que o nome do unicórnio era Agna e que ambos vinham de uma terra chamada Ókumdara. Num dos bilhetes, Hamiser também explicava que não poderia se movimentar ou falar com ela, e que toda a comunicação no mundo dos homens seria feita por meio dos bilhetes que ele deixava quando ela não estava por perto. Ela já se habituara a conversar com seu boneco de chumbo, era como se agora tivesse um pequeno amigo que a acompanhasse por todos os lados. Tinha também escolhido uma caixinha onde guardava tudo que Hamiser lhe deixava. Ainda não sabia, porém, como ajudá-lo. Nem sequer sabia a natureza da ajuda.

— Como posso ajudar, Hamiser? — Perguntava Luara todos os dias. — Você por acaso está perdido e precisa que eu te leve para algum lugar? Eu imagino que com esse tamanho mesmo uma distância pequena pode ser uma jornada sem fim!

Mas o bilhete de ajuda foi o mais misterioso de todos. Num papelzinho, como sempre, Hamiser deixara o recado: "Ajuda: O Mal é forte. Você e seus amigos precisam acreditar". Aquilo sim terminara por deixá-la confusa de vez! Ela queria muito ajudar, queria embarcar naquela aventura inacreditável, mas não sabia o que fazer. Foi quando ligou para Mariah:

— Mariah, preciso falar com você hoje! A gente pode se encontrar às seis aqui no meu prédio?

— Nossa, Lu, o que aconteceu?

— É melhor a gente falar pessoalmente. Você não vai acreditar.

Seis em ponto as duas se encontraram no *playground* do prédio. Luara estava nervosa, não sabia como começar.

— Mariah, eu vou te contar uma coisa meio maluca, mas você é minha melhor amiga e vai ter que acreditar em mim, porque eu não sei o que fazer.

— Nossa, Lu, o que foi?

Rapidamente Luara contou para Mariah tudo sobre Hamiser e sobre os bilhetes que estava recebendo. Quando terminou o relato, a reação da amiga foi diferente de tudo que ela podia imaginar:

— Luara, eu não acredito que você está me contando isso! Se prepara que agora então quem não vai acreditar é você: A MESMA COISA está acontecendo comigo!

— O quê? — Luara estava pasma.

— Isso mesmo que você ouviu!

Mariah explicou tudo para Luara: ela também tinha sua miniatura predileta para os jogos de RPG, um gnomo de chumbo que carregava consigo um pequeno urso. Nos últimos dias, ela também havia encontrado bilhetes sob seu boneco com pedidos de ajuda. Da mesma forma como acontecera com Luara, o gnomo havia primeiro revelado seu nome: Cléo, e também o nome de seu urso: Lao. E, assim como Hamiser, vinha de Ókumdara e falava do Mal que estava crescendo. As duas amigas olhavam-se boquiabertas! O que estava acontecendo? Como ajudar? Elas não sabiam, mas pelo menos agora não estavam sozinhas, tinham uma à outra para conversar sobre aquele assunto fantástico.

Naquele domingo a mãe de Luara a levou para passear numa feira de artesanatos em uma das praças da cidade. Era um dia ensolarado e a feira estava cheia. Pessoas se amontoavam nas barraquinhas de roupas, pulseiras, colares e comidas típicas. Enquanto sua mãe olhava atenta uma barraquinha com lindos vasos de cerâmica, Luara aproveitou para seguir mais alguns passos até uma barraca de brinquedos artesanais.

Queria encontrar mais miniaturas de elfos para que Hamiser tivesse companhia, porém outra coisa lhe chamou ainda mais a atenção: atrás das barracas, sentadas sob as árvores da praça, havia um grupo de mulheres das mais variadas idades, contudo, diferentes das demais mulheres da praça. Pareciam pessoas simples, alegres, falavam alto e todas, mesmo as crianças, vestiam longos e coloridos vestidos que esbanjavam beleza embora surrados e desgastados pelo tempo. Nos pulsos, todas portavam muitas pulseiras de diversas cores e tamanhos, na cabeça e pescoço havia lenços, brincos e colares, e Luara ainda ficaria a admirá-las a distância por algum tempo não fosse reparar que uma daquelas mulheres, a que parecia ser a mais velha do grupo, encarava-a. Luara tentou desviar o olhar, mas percebeu que a mulher a chamava com a mão. Olhou então para sua mãe que continuava fascinada com a cerâmica e, após hesitar um instante, dirigiu-se até a mulher.

— Olá, querida. Não tenha medo. Essa velha cigana não morde!

Luara aproximou-se com cautela, sem saber o que dizer.

— Você anda confusa, não anda, filha? Os outros andam chamando você e pedindo sua ajuda, mas você não sabe como ajudá-los!

Luara ouvia aquilo estupefata, como aquela mulher podia saber daquelas coisas?

— Não se preocupe, filha! Quando a lua estiver cheia e o relógio der meia-noite, a mandala vai se abrir e você saberá como ajudar.

— Que mandala? Como você sabe dessas coisas?

A cigana apenas riu e continuou:

— Os ciganos sabem de muitas coisas, filha! Agora vá logo antes que sua mãe fique preocupada.

— Mas eu quero saber de mais coisas!

— Estão chamando você, filha.

— Isso você já disse. Mas quem está me chamando?

— Agora — disse a cigana rindo — quem está te chamando é a sua mãe.

Luara olhou para a feira e viu sua mãe a procurando. Voltou-se rapidamente para a velha cigana e correu de encontro à mãe.

— Luara! Onde você estava?

— Vendo as miniaturas.

— Filha, não desapareça mais assim. Me avise onde você está.

— Desculpa, mãe.

Nesse momento, as duas passavam em frente às ciganas.

— Mãe, quem são os ciganos? De onde eles vêm?

— São um povo muito antigo, com uma cultura muito única, filha. Eles vêm de muitos lugares diferentes, da Europa, Índia, e hoje estão espalhados pelo mundo, até pelo Brasil.

— Mas eles moram na rua?

— Não sei, filha. Acho que na rua, em acampamentos. Infelizmente hoje em dia eles estão empobrecidos e acabam sendo vistos como pedintes, como mendigos.

Luara deixou a feira intrigada. O que a cigana queria dizer com "mandala se abrindo quando a lua estiver cheia"? E, ainda por cima, à meia-noite? Restava esperar para saber. Naquele final de tarde, Luara correu para seu quarto, ansiosa por relatar à sua miniatura o ocorrido misterioso:

— Hamiser! Você não vai acreditar no que... — Luara não conseguiu terminar sua frase, pois havia ali uma nova surpresa: ao lado da miniatura, além de um pedaço de papel maior do que os que geralmente encontrava, havia algo novo: cinco velas de cores diferentes! Ela olhou pasma para as velas e, somente depois de passada a surpresa, pôde perceber que no papel também havia algo diferente: um desenho composto por um círculo que envolvia muitos outros símbolos, triângulos, estrelas, espirais e cruzes. Era uma mandala, um símbolo mágico secreto também chamado de "sigilo". E, abaixo do desenho, havia a frase "riscar e acender antes da meia-noite". A cigana estava certa. Ali estava a mandala, restava agora esperar pela lua cheia e saber como acendê-la. Nervosa, Luara escondeu as velas e o desenho numa de suas gavetas e foi até a sala.

— Mãe, você sabe qual será a lua hoje?

— Não tenho certeza, Luara, acho que vai ser lua cheia. Por quê?

Luara estremeceu.

— Nada não, mãe. Curiosidade.

— Filha, você anda esquisita. Está acontecendo alguma coisa?

Luara não respondeu, apenas voltou para seu quarto e apanhou o desenho de sua gaveta.

— Como eu posso acender isso, Hamiser?

Ela olhava atenta para o desenho tentando imaginar como aquilo funcionaria quando percebeu que, ao longo do contorno do círculo, havia cinco pontos. Certamente eram os pontos onde as velas deveriam ser colocadas! Como não havia mais instruções, aquela era a dedução possível.

Perto das onze horas, Luara deu boa-noite à sua mãe e retirou-se para seu quarto. A hora estava aproximando-se e ela estava ansiosa. Num grande pedaço de cartolina guardado para trabalhos escolares, Luara copiou o desenho do símbolo mágico. Em seguida, posicionou as cinco velas coloridas nos cinco pontos. Suas mãos tremiam, seus olhos estavam fixos em Hamiser e Agna. O relógio marcava 11:50 quando ela acendeu as velas. Ela então levantou-se e segurou sua miniatura, sussurrando:

— Estou nervosa, Hamiser. O que vai acontecer à meia-noite?

Tudo estava silencioso e as chamas das velas dançavam rápidas quando o relógio finalmente deu as 12 horas. O que Luara viu naquele momento ia muito além da sua imaginação, muito além de seus sonhos mais incríveis. Ela não podia acreditar em seus próprios olhos: ainda em suas mãos, sua miniatura de chumbo emanou um brilho intenso e, num instante, toda a realidade ao seu redor havia se transformado. Ela estava na beira de uma cascata de águas rosadas e transparentes, no coração de uma belíssima floresta de pinheiros verde-escuros. Pequenas criaturas iluminadas voavam por entre as árvores em movimentos ligeiros e graciosos e, parada à sua frente, a mais impressionante das imagens, um elfo guerreiro montado em seu unicórnio — Hamiser e Agna.

— Seja bem-vinda à Mitra e ao reino de Ókumdara, Luara — disse Hamiser desmontando de Agna.

— Eu estou sonhando, não estou?

— Não, Luara, você está bem acordada, espero.

Nesse instante um pequeno ser escalou uma pedra e gritou por atenção. Parecia um garoto em miniatura, um menino que aparentava ter 12 ou 13 anos, porém com menos de dez centímetros de altura. Trazia na cabeça um chapéu em forma de cone e logo atrás de si corria uma outra criaturinha ainda menor que ele: um urso.

— Luara — disse Hamiser —, gostaria que você conhecesse Cléo e seu urso Lao, também habitantes de Mitra.

— Olá, Luara! Estávamos ansiosos pelo dia de hoje! — Gritou Cléo do alto da pedra.

— Isso não pode estar acontecendo! Isso não pode ser real!

— Ora — continuou Hamiser —, eu esperava ouvir isso de qualquer pessoa, menos de você, Luara. Agora suba em Agna e vamos dar uma volta por Mitra, afinal muitos aqui estavam ansiosos pela sua vinda.

Sem reação e completamente pasma, Luara apenas lhe obedeceu e montou no unicórnio.

— Eu sei que você deve ter muitas perguntas, Luara. Vou tentar responder a todas enquanto cavalgamos. Mas, primeiro, acho importante encontrar seus amigos.

— Amigos? — Gaguejou a garota.

Luara tentava se concentrar e prestar atenção nas palavras de Hamiser, mas era impossível, seus olhos estavam encantados com o que via ao redor. Logo nos primeiros passos de Agna, ela pôde perceber que as pequenas criaturas que voavam por entre os pinheiros eram fadas! Pequenas, lindas e brilhantes, iam deixando um rastro de luminosidade por onde passavam. Ela também reparou atenta, quando Cléo desceu da pedra seguido por seu urso, que encontrou outros gnomos e juntos todos desapareceram sob uma árvore atravessando o que parecia ser a porta de uma pequena casa. Também ali, diferentemente do mundo dos homens, os animais pareciam não ter medo, pelo contrário, pareciam esperar e cumprimentar Hamiser quando ele passava. Gentilmente, o elfo acenava para cada pássaro, esquilo ou cervo.

— Agora precisamos aguardar um pouquinho — disse Hamiser. — Seus amigos devem estar chegando.

Luara não sabia o que esperar. Ali, qualquer coisa parecia possível. Seu coração, porém, quase parou congelado ao ver uma comitiva única aproximando-se por entre os pinheiros: uma mulher num comprido vestido negro e com cabelos prateados longos vinha à frente carregando Cléo e Lao em seu ombro. Aquela era a bruxa Aisha e Luara a conhecia pois era a personagem escolhida por sua amiga Tatiana nos jogos de RPG. Logo atrás vinha Totzah, um mago alto vestindo uma túnica roxa e portando uma barba compridíssima dividida por duas tranças — personagem de RPG de Pedro. Seguindo Totzah estava Lexus, um soldado que lembrava os cavaleiros medievais, coberto dos pés à cabeça por uma pesada armadura metálica, carregava uma enorme espada na mão direita — Lexus era o soldado escolhido por Alex nos jogos das terças e quintas. Finalmente, vinha Uria, ser estranho de baixa estatura e corpo forte coberto de pelos. Uria era um troll, escolhido por Eric como personagem de jogos.

Luara estava atônita. Conhecia todas aquelas personagens pois seus amigos os tinham como miniaturas em chumbo para seus jogos de RPG! A surpresa, porém, ainda não havia acabado. Logo atrás de Uria, o impossível aconteceu: com as expressões tão assustadas e encantadas quanto a própria Luara, aproximavam-se Mariah, Pedro, Alex, Eric e Tatiana. Os seis amigos estavam reunidos novamente, mas dessa vez não para jogar. Pareciam estar dentro do jogo!

— Estamos todos sonhando, não estamos? — Perguntou Luara.

— Não, Luara — respondeu Mariah. — Assim como você, cada um de nós também acendeu um símbolo mágico e veio parar aqui.

— Como isso pode ser real? Como? — Insistia Luara.

— Tudo é real, Luara — explicava Hamiser. — Existem muitas e muitas coisas que os olhos humanos não conseguem enxergar, e nem por isso deixam de ser reais. Seus olhos, por exemplo, não conseguem enxergar o ar que você respira! Mas o ar é real, tão real quanto uma mesa ou um cachorro, você depende desse ar para viver, mas ainda assim você não consegue enxergá-lo. A tristeza também existe e é real, mas o que é a tristeza? Ninguém consegue enxergar! E o frio? Como ele é? De que cor ele é? Você consegue enxergar o frio? Não, mas ele existe e você pode senti-lo. E as bactérias que causam tantas doenças aos seres humanos? Também não é possível enxergá-las! Quando você acende uma vela, consegue enxergar a chama que ela produz, porém, se você colocar sua mão alguns centímetros acima da chama, poderá se queimar, mesmo sem ver a chama. Existe toda uma energia gerada pelo fogo, invisível para os olhos humanos. Em verdade, existe um universo de coisas invisíveis para vocês. Entende o que eu digo?

— Sim — respondeu Luara.

— Dessa mesma forma — continuou o elfo enquanto a comitiva seguia caminhando pela Terra dos Encantados —, os pensamentos também têm uma forma, uma cor e um tamanho, porém os olhos humanos não conseguem enxergar.

— Como assim? — Perguntou Pedro.

— Cada vez que alguém pensa algo — explicou Hamiser —, esse pensamento é lançado no espaço e ocupa esse espaço. Os pensamentos são reais e criam as mais variadas formas e tamanhos, mas assim como muitas outras coisas, permanecem invisíveis aos olhos dos homens. Todas as pessoas no planeta Terra são cercadas por milhares de coisas que elas não podem ver, e muitas dessas coisas são seus próprios pensamentos. Como seria bom se vocês conseguissem enxergar seus pensamentos, tudo estaria muito diferente do que está hoje!

— O que você quer dizer?

— É simples: cada vez que uma pessoa tem um mau pensamento, um pensamento ruim, como desejar mal para alguém, por exemplo, esse pensamento é lançado no espaço e possui uma forma horrível! Ele é denso e escuro, e, se for alimentado por outros pensamentos ruins, transforma-se numa espécie de larva, chamada por nós, do mundo invisível, de Larva Astral. Assim, se uma pessoa tem muitos pensamentos ruins, ela fica completamente cercada por milhares dessas larvas astrais. Essas larvas, verdadeiras pestes, multiplicam-se com velocidade, forçando a pessoa a ter mais e mais pensamentos negativos. Essa pessoa acaba ficando ela mesma escurecida, negativa, raivosa, triste e até mesmo extremamente doente, pois está afogada nessas larvas. Mesmo sem saber, ela também contamina outras pessoas, pois as larvas parasitas se multiplicam tanto que acabam partindo para outros corpos. É como um vírus.

— Que horror!

— Sim, um horror mesmo. Mas o pior ainda não é isso. Essas larvas servem de alimento para criaturas terríveis inimaginadas pelos humanos. Assim, uma pessoa cercada por larvas acaba atraindo para si uma legião de seres asquerosos em busca de alimento. Esses seres invisíveis, verdadeiros fantasmas do mal, ficam encostados no humano estimulando-o a produzir mais larvas para que eles se alimentem. Quanto piores os pensamentos desse humano e quanto piores as ações que ele praticar, mais satisfeitas ficarão essas criaturas invisíveis, que atormentarão sua vida até a loucura ou a morte, buscando em seguida outra pessoa com maus pensamentos que os alimentem. Imagine, por exemplo, o cenário de uma guerra: se aquilo que os olhos humanos enxergam já é terrível, a parte que fica invisível é ainda mais monstruosa. Numa guerra todos os sentimentos, pensamentos e ações são negativos! Ou seja, um prato cheio para hordas infinitas de parasitas horríveis que vampirizam os humanos.

— Eu detesto esses parasitas! — Gritou Lexus, o cavaleiro.
— Cheiram mal e são adversários perigosos.

— Hamiser, isso é terrível! — Gritou Luara.

— Eu sei — respondeu o elfo —, e, cada vez que você briga, discute com alguém sem razão, deseja o mal para outros, você atrai essas criaturas escuras! Ao redor de cada briga inútil ou discussão vazia, há sempre uma nuvem escura repleta de larvas e pequenos diabinhos se alimentando! Mas há também os bons pensamentos e as boas atitudes que geram uma forte luminosidade ao redor de quem pensa e pratica coisas boas. Essa luminosidade, também invisível aos olhos humanos, pode afastar e mesmo desintegrar muitas dessas larvas astrais. A luz também atrai outras criaturas invisíveis, criaturas belíssimas e luminosas que se alimentam de luz, como as fadas que você vê aqui em Mitra voando por entre os pinheiros. Logo, uma pessoa que possui bons pensamentos estará cercada não apenas de luz, mas também de criaturas maravilhosas, os seres portadores da luz.

— Impressionante! — Exclamou Tatiana.

— Sim, mas isso não é tudo — continuou Hamiser. — Existe ainda um outro tipo de pensamento, ligado à crença e à fé das pessoas, ao que elas acreditam ou não. Tudo aquilo em que se acredita também ganha forma e é projetado nesse mesmo mundo invisível aos humanos.

— Quer dizer que, se eu acredito, é real?

— Sim. Se você acredita DE VERDADE em alguma coisa, ainda que você não possa vê-la, essa coisa ganha vida e força e passa a existir nesse plano invisível. Essa coisa será alimentada pela sua crença e, quanto mais você acreditar, mais forte ela será.

— Logo, se muitas pessoas acreditam numa mesma coisa, essa coisa terá muita força? — Perguntou Luara.

— Exatamente. E todas as criaturas e seres criados, a partir dos pensamentos humanos, são enviados para o mundo invisível de Ókumdara, o nosso mundo. Se muitos humanos acreditarem em vampiros, por exemplo, Ókumdara ficará repleta de vampiros. Se, por outro lado, os humanos deixam de acreditar em vampiros, gradualmente todos os vampiros desaparecem de Ókumdara.

— Mas então é aqui que vivem fantasmas e anjos? — Quis saber Alex.

— Não, Alex — respondeu Hamiser. — Fantasmas, anjos e espíritos não dependem da crença humana para existirem. Mesmo que ninguém acredite em espíritos, eles continuarão existindo. Em Ókumdara vivem apenas os seres que precisam da crença humana para existir, seres que se alimentam desses pensamentos. Há muito, muito tempo atrás, por exemplo, quase todos os seres humanos acreditavam em Dragões, então, o maior de todos os dragões do mundo invisível, o poderoso Dragão Dourado, ganhou permissão dos Superiores para fundar Ókumdara, a Terra dos Encantados. Hoje, pouquíssimas pessoas ainda acreditam em dragões, logo, os dragões lentamente desapareceram da Terra dos Encantados, e mesmo o Dragão Dourado, o último dos Dragões, está terrivelmente enfraquecido e deve morrer em breve. Se isso acontecer, Ókumdara acabará, e com ela todos os seus habitantes!

— Não, Hamiser! Vocês não podem deixar isso acontecer! — Gritou Mariah.

— Desde a minha criação, eu tenho protegido o Dragão Dourado — explicou o elfo. — Por isso sou chamado em Ókumdara de um dos Guardiões do Dragão Dourado. Mas minha tarefa tem sido cada vez mais difícil!

Nesse instante Luara teve um sobressalto.

— Hamiser, então quer dizer que você só existe porque eu acredito em você?

Hamiser hesitou por um instante antes de responder:

— Sim, Luara. Há muitos séculos eu já existia como elfo guerreiro, porém só me transformei em Hamiser e encontrei Agna por sua causa. Dentro de Ókumdara, Mitra é a região que abriga todos os seres em que você, Mariah e seus amigos acreditam! Por isso, Cléo, Aisha, Totzah, Lexus e Uria também vivem aqui. Graças a você e seus amigos, ainda existem gnomos e elfos em Ókumdara. Há muito tempo atrás, os elfos espalhavam-se por toda a Ókumdara, possuíam reinos, castelos, vilas... por muitas eras eles mantiveram a ordem e a paz na Terra dos Encantados. Mas, com o passar dos anos, os elfos perceberam que começariam a desaparecer. O tempo dos elfos havia terminado. Então os Superiores, seres que não vivem em Ókumdara, deram permissão aos elfos para que eles deixassem a Terra do Encantados, evitando seu desaparecimento.

— Por quê?

— Os elfos eram criaturas puras, elevadas e corajosas, e os Superiores achavam que eles poderiam ser muito úteis em outros mundos, nos mundos imortais. Assim, quase todos os elfos deixaram Ókumdara para sempre e se desvincularam por completo do mundo dos homens. Hoje, restam menos de dez elfos em toda a Terra dos Encantados.

— Mas — perguntou Luara com a voz trêmula — se você teve a chance de deixar Ókumdara junto com os outros de seu povo, por que decidiu ficar?

Nesse instante, os olhos de Hamiser brilharam, carregados de lágrimas.

— Sim, eu poderia ter partido. Hoje estaria junto dos meus em algum lugar longe daqui. Mas eu disse que os elfos eram corajosos. Eu tinha uma missão, a de proteger o Dragão Dourado, e um elfo jamais foge à sua missão.

Após essas palavras, Hamiser permaneceu calado por alguns instantes. Os olhos perdidos em algum lugar distante com o brilho da dor da saudade, uma dor que jamais poderia ser curada. À sua frente, um vale maravilhoso estendia-se a perder de vista e, às margens do rio, belas casas construídas sob e sobre as árvores constituíam um vilarejo fascinante. Foi quando Luara agitou-se:

— Hamiser, espere um instante! Se eu acredito em Mitra e meus amigos também, então vocês estão fora de perigo, correto?

— Infelizmente não é bem assim, Luara. Lembre-se que, se o Dragão Dourado desaparecer, será o fim de Ókumdara e de todos os seus habitantes. Mas além disso existe um outro problema ainda maior. Eu falei que todas as criaturas nas quais os humanos acreditam são enviadas para a Terra dos Encantados, lembra-se?

— Claro!

— Pois é. Acontece que, cada vez mais, os humanos acreditam no Mal, em coisas ruins.

— Que mal? — Perguntou Eric.

— Essa é exatamente a questão. Os humanos não definiram uma forma exata para esse mal, mas ainda assim acreditam nele. As larvas astrais estão cada vez mais numerosas no planeta Terra. Quanto mais o ódio, a violência e a injustiça se espalham por entre os homens, mais as larvas se multiplicam e com elas as criaturas maléficas, o que faz com que os homens acreditem cada vez mais no mal, um mal sem forma, um mal sem rosto, e esse mal no qual eles acreditam é enviado para Ókumdara.

— Meu Deus!

— Sim, Luara. Esse Mal-sem-Rosto está crescendo e se fortalecendo a cada momento, tomando conta de Ókumdara e se espalhando por toda a Terra do Encantados.

— Não existe um jeito de pará-lo?

— O grande problema é que os Encantados estão enfraquecidos, Luara! As pessoas não acreditam mais em gnomos, em fadas, em magos, bruxas ou unicórnios! As pessoas parecem acreditar somente nesse Mal! Mesmo as crianças e os adolescentes, que sempre foram os maiores aliados de Ókumdara dando força a todos nós, estão deixando de acreditar nos Encantados! Trocaram as fadas e a fantasia por jogos eletrônicos, computadores e televisão! Assim, todos os habitantes de Ókumdara estão muito fracos para enfrentar esse terror que está devorando tudo que encontra pela frente. A Terra dos Encantados está se acabando e seus habitantes estão desaparecendo ou sendo engolidos por esse mal. Mitra e o Templo de Gelo são os únicos lugares que ainda resistem. Fora daqui, o que resta é apenas devastação e, quando o Mal-sem-Rosto chegar às fronteiras de Mitra, não sei se vamos conseguir resistir.

— Hamiser! Isso nunca! Você não pode desaparecer! — Lágrimas escorriam pelo rosto de Luara. — Me diga o que eu posso fazer? Como posso ajudar?

— Acreditando, Luara, e fazendo com que outras crianças se lembrem e voltem a acreditar em nós.

— Como, Hamiser? Como posso fazer isso?

— A Mandala está se apagando, Luara... agora você e seus amigos...

Hamiser não conseguiu terminar aquela frase. Numa fração de segundo, Luara estava sozinha e de volta em seu quarto no mundo dos homens, o rosto coberto de lágrimas. No chão à sua frente estavam sua miniatura de chumbo e o símbolo sagrado com as velas apagadas. Mariah, Tatiana, Pedro, Alex e Eric também estavam de volta cada um em seu quarto, cada um sozinho com seus pensamentos. Naquela noite, nenhum deles conseguiu dormir. Os seis amigos jamais seriam os mesmos.

4.

Primeiras batalhas

stá feito — disse Hamiser a Cléo, Aisha e os outros da comitiva. — Agora eles já sabem e podem nos ajudar. Cada um de nós sabe o que deve fazer. Espero revê-los.

Após isso, os membros da comitiva se separaram, cada um desaparecendo pela floresta. Hamiser e Agna desciam o morro lentamente em direção ao vale quando uma voz interpelou:

— Salve, Hamiser! Precisando de ajuda?

Hamiser virou-se rapidamente e sorriu. Por detrás dos pinheiros, avançava uma figura nobre, tronco e rosto de homem sobre o corpo de um cavalo: aquele era Zaki, o rei dos centauros.

— Zaki! — Bradou Hamiser. — Não o vejo há anos, amigo! Por onde tem andado?

— Assim como você, Hamiser, tenho vagado por Ókumdara, ajudando os que precisam e enfrentando a escuridão.

— Eu estive recentemente na sua terra, Zaki, e temi por sua vida.

Nesse instante Zaki baixou o rosto.

— Sim, Hamiser, eu soube de Élaz. Está acabado.

— Os gryfos e o minotauro?

— Ninguém foi poupado.

— Eu sinto muito, Zaki.

O elfo e o centauro olharam-se calados por alguns segundos. Seus olhos, embora corajosos, eram tristes e vazios de esperança. Ambos sabiam que o tempo dos Encantados havia terminado. Não havia mais lugar para a fantasia no mundo dos homens.

— Mas não pensemos nisso agora, Hamiser — continuou Zaki. — Não foi para isso que vim até Mitra.

— Então o que te traz aqui?

— Você vai precisar de ajuda. A escuridão sabe dos planos e da importância de Luara e agora fará de tudo para derrubar a garota em seu próprio mundo. Prepare-se para os ataques, Hamiser. Eles serão violentos e constantes. Se você preza pela vida de Luara e de seus amigos, esteja preparado para batalhas terríveis longe de sua casa.

— Eu sei disso, Zaki. Já imaginava que poria Luara e as outras crianças em grande risco, mas não tive tempo de avisá-las, a mandala se fechou no mundo dos homens.

— Não temos tempo a perder, Hamiser. Vamos até seu poço, eu irei com você.

Cada habitante da Terra dos Encantados tinha um poço através do qual era possível ver seu criador, ou seja, a pessoa — ou pessoas — no mundo dos homens que os alimentavam com sua crença. Se a pessoa fosse ameaçada por forças invisíveis a olhos humanos, os Encantados tinham o direito de intervir, atuando como verdadeiros anjos da guarda. Assim, as pessoas que acreditavam em elfos, tinham elfos como protetores invisíveis, como anjos da guarda. As que acreditassem verdadeiramente em dragões, teriam dragões como protetores. O problema é que hoje em dia as pessoas não mais acreditam nessas criaturas, logo, não poderiam ser protegidas por elas. E, pior ainda, acreditavam em coisas ruins, no Mal sem forma, assim, ficavam constantemente vigiadas e cercadas por forças da escuridão.

Hamiser e Zaki desceram até o vale, chegando à floresta encantada de Mitra e ao vilarejo de casas nas árvores. A beleza das construções ia muito além da imaginação humana. Os raios de sol penetravam pelas copas dos pinheiros refletindo o brilho intenso das escadas de mármore e jardins suspensos naquela cidadela de maravilhas: o último reduto dos elfos em Ókumdara. Ali, Hamiser vivia junto aos sobreviventes daquela nobre raça. Mesmo os Encantados, acostumados às maravilhas de Ókumdara, ficavam fascinados com a beleza de Ormuz, a Cidade Real dos Elfos.

Séculos atrás, Ormuz era o lar de centenas e centenas de elfos. Senhores Élficos, guerreiros, príncipes e princesas de tempos imemoriais povoavam a floresta encantada e as brilhantes construções de mármore. Hoje, apenas Hamiser e menos de dez guerreiros élficos guardavam a Cidadela Real.

Hamiser desmontou de Agna e subiu pelas escadarias seguido por Zaki. Imediatamente, como por mágica e sem fazer um ruído sequer, vários guerreiros elfos saltaram das árvores e ajoelharam-se em reverência à Hamiser, o Guardião do Dragão Dourado. Todos vestiam armaduras prateadas sob belas capas azuladas e portavam espadas, escudos, arcos e flechas.

— Seja bem-vindo de volta, Guardião Hamiser — saudou Alery, o chefe dos guerreiros elfos.

— Salve, Alery! Obrigado por cuidar de Ormuz na minha ausência.

Em seguida Hamiser e Zaki dirigiram-se à morada do Guardião, uma bela construção sobre os pinheiros em frente a um magnífico jardim suspenso. Hamiser então removeu um manto revelando seu poço e a visão que teve através da água o fez estremecer: podia ver Luara sozinha em seu quarto olhando para a mandala apagada com lágrimas no rosto e, ao seu redor, centenas de larvas tentando se aproximar. Havia uma aura de luz ao redor da menina, mas aos poucos a luz ia enfraquecendo, tantas eram as larvas forçando passagem. Conforme mais larvas se aproximavam, mais Luara chorava e se enfraquecia. Um grande medo parecia dominá-la.

— Vermes malditos! — Gritou Hamiser. —Já começaram os ataques! — Hamiser assoviou com força e num instante Agna entrava embalado na morada do guardião. — Vamos, Zaki!

O elfo, seu unicórnio e o centauro ao mesmo tempo tocaram na água do poço, sendo imediatamente transportados para o quarto de Luara. Ali, uma batalha feroz foi travada no invisível. Luara continuava chorando e seus olhos não podiam enxergar nada a não ser seu quarto vazio; a seu lado, porém, Hamiser, Agna e Zaki lutavam contra as larvas com bravura. Montado em seu unicórnio, o elfo golpeava os vermes com suas duas espadas. Clarões de luz emanavam de suas armas que desintegravam e afugentavam as criaturas da escuridão. Logo atrás Zaki empunhava seu arco e lançava flechas sem cessar, protegendo a retaguarda de Luara. Em pouco tempo, o Guardião e o centauro haviam vencido a batalha e somente a luz ficara ao lado da garota. Luara sorriu, pois sentiu todo o medo deixar seu coração. Ela não entendia o que estava acontecendo, mas sentia-se mais feliz.

A partir daquele dia, as batalhas começaram a ser constantes. Em todo lugar, na rua, na escola, em sua casa, Luara era atacada pelas larvas e por seus senhores malignos, os fantasmas da escuridão que vinham famintos. Muito embora Luara não os enxergasse, sabia que estava sendo atacada, pois um medo sem explicação tomava conta de seu coração. Ela se sentia fraca, com dores na cabeça e no corpo.

Hamiser, Agna e Zaki, porém, nunca tardavam a aparecer para combater os seres do mal e proteger Luara. As batalhas eram cada vez mais demoradas pois o mal fortalecia-se e enviava sempre mais servos para enfraquecer as crianças, e o elfo, o centauro e o unicórnio voltavam para a Terra dos Encantados feridos e cansados após os longos combates com a escuridão.

— Estou preocupado com Luara — dizia Hamiser à Zaki e Agna depois de uma das batalhas. — Muito em breve não poderemos mais protegê-la. Precisarei ficar em Ókumdara o tempo todo para ajudar os Encantados que buscam refúgio no Templo de Gelo. Logo o Mal-sem-Rosto também deve chegar a Mitra e não poderei mais sair daqui. Ela precisará se defender sozinha.

— Eu sinto muito, Hamiser — o rosto e os olhos de Zaki estavam tristes e cansados.

Ele tinha feridas, cortes profundos e arranhões por todo o corpo.

— Zaki, o que há? Você está bem?

— Não, Hamiser. Você não percebe? Há muito tempo meus cortes não se fecham mais e minhas feridas não cicatrizam. Eu estou enfraquecendo. Vou desaparecer em breve.

Hamiser olhava para o centauro em silêncio e com tristeza. Sabia bem o que aquilo significava pois já tinha visto o mesmo acontecer antes com outros Encantados. No mundo dos homens já não se acreditava mais em centauros, logo, muito em breve Zaki desapareceria para sempre.

— Não, Zaki! — Gritou o elfo. — Eu não vou deixar isso acontecer! Custe o que custar!

— Ora, Hamiser — respondeu Zaki com um sorriso triste. — Você sabe que nem mesmo um Guardião do Dragão Dourado pode impedir um Encantado de desaparecer.

Zaki estava certo, e Hamiser sabia disso.

5.

Os seis amigos em ação

Desde sua viagem à Ókumdara, Luara e seus amigos olhavam o mundo com olhos diferentes. O Natal se aproximava e com tristeza eles observavam todas as crianças e adolescentes comprando jogos eletrônicos, computadores, armas de brinquedo ou jogos de guerra e violência. Hamiser estava certo, as crianças não acreditavam mais em seres fantásticos, em fadas ou gnomos, não gostavam de ler ou de brincar em parques com seus amigos e os adultos contribuíam para que elas acreditassem cada vez menos nas coisas boas e cada vez mais no Mal-sem--Rosto. As crianças e os adolescentes agora viviam trancados em apartamentos ou dentro de suas casas, parados por horas e horas na frente de um celular ou da tela de computador.

O tempo da Fantasia acabara. O tempo dos Elfos e dos Dragões havia chegado ao fim. O mundo estava sendo completamente consumido pela escuridão do Mal-sem-Rosto. Pessoas brigavam em festas, brigavam no trânsito, brigavam em jogos, brigavam nas escolas, ofendiam umas às outras em redes sociais, desejavam o mal umas para as outras, tudo era motivo para discordar e brigar. Por todos os lados havia guerras. Países fortes invadindo e destruindo países fracos, governos roubando de seus povos, assaltos, fome, crime e medo por todas as cidades. O mundo dos homens estava coberto pelas larvas da escuridão.

E os seis amigos eram agora constantemente atacados pelas larvas astrais. Assim como Luara, todos sentiam-se fracos, cansados, com dores pelo corpo. Mas cada um deles também tinha seu protetor de Ókumdara que vinha em auxílio sempre que a escuridão se aproximava. Assim como Hamiser vinha em socorro de Luara, também Aisha, Cléo, Totzah, Lexus e Uria vinham em socorro de Mariah, Tatiana, Pedro, Alex e Eric, que continuavam reunindo-se todas as terças e quintas para as sessões de RPG, porém agora passavam muito mais tempo debatendo sobre como ajudar Ókumdara e como se proteger da escuridão do que jogando.

— Não aguento mais o medo e as dores de cabeça — reclamava Pedro. — Sempre seguro minha miniatura e fico rezando para que as larvas me deixem em paz.

— Lembrem-se do que Hamiser nos explicou! — Dizia Luara. — Devemos evitar pensamentos ruins! Sempre que as larvas se aproximarem, pensem em coisas boas, desejem o bem para as outras pessoas, rezem para os Seres da Luz! Fazendo isso ajudamos a luz a crescer ao nosso redor e podemos afugentar as larvas!

— Mas isso não é o suficiente, Luara — dizia Mariah. — Precisamos ajudar Ókumdara! Não podemos deixar a Terra dos Encantados desaparecer!

— Mas como, Mariah? — Perguntava Alex. — Como podemos fazer outras crianças e adolescentes acreditar no que nós acreditamos?

— Que tal se nós convidarmos mais pessoas da classe para os jogos de RPG?

— Não acho que daria certo — dizia Tatiana. — Acho que, se viesse a turma toda, ia virar uma bagunça só e não ia adiantar nada.

— Gente, eu tenho uma ideia! — Gritou Luara levantando-se entusiasmada. — E se nós fizéssemos um jornalzinho com textos sobre Mitra e a Terra dos Encantados e distribuíssemos na escola? Podíamos falar com a diretora e pedir permissão para distribuir em todas as classes!

— Isso! Grande ideia! — Continuou Mariah. — O nome do jornal podia ser "Mitra" ou "Ókumdara", e podíamos colocar textos ou redações de todos os alunos que quisessem escrever sobre a Terra dos Encantados!

— Que ideia excelente! — Gritou Eric. — Vamos começar isso logo! Para começar, podemos escrever no jornal todas as nossas aventuras de RPG!

— Esperem aí — interrompeu Tatiana. — Vocês não acham que o pessoal da escola pode achar isso ridículo e tirar sarro da gente?

Os seis ficaram em silêncio.

— Bom — disse Luara —, isso é um risco que estaremos correndo. Mas eu estou disposta a correr esse risco por Ókumdara. Se alguém achar ridículo ou tirar sarro de mim, paciência. Não vou dar bola, pois sei que essa pessoa já deve estar contaminada pelas larvas.

— Concordo com você — completou Mariah. — Vou buscar papel e lápis e começar a esboçar agora mesmo o primeiro texto para o jornal. Alguém quer papel?

Todos quiseram. Mariah buscou o material e os seis amigos começaram a escrever imediatamente. Eric e Pedro também desenhavam: com lápis coloridos, pintavam dragões, elfos, bruxos, gnomos e outros seres encantados.

Dois dias depois, Luara coletou todos os textos dos amigos e passou a limpo no computador, imprimindo em seguida tudo e colando os desenhos no verso das páginas. Estava pronto o primeiro exemplar do jornal "Terra dos Encantados". Na sexta-feira os seis amigos foram até a sala da diretora e contaram sua ideia, mostrando o jornal e pedindo permissão para distribuir em todas as classes das 5ª e 6ª séries. Para surpresa dos seis, a diretora ficou muito animada:

— Que ideia maravilhosa! Vocês estão de parabéns! Deixem esse jornal comigo para que eu faça cópias. Semana que vem vocês podem passar em todas as salas e explicar a ideia. Vamos fazer assim: a professora de Português corrige os textos e a professora de Artes ajuda nos desenhos, está bem? E os alunos que participarem podem ganhar pontos nas duas matérias.

Os seis amigos saíram contentíssimos da sala da diretora. Tudo estava indo bem. No início da semana seguinte, porém, a animação dos amigos diminuiu rapidamente, assim que eles entraram na primeira classe de 5ª série. Luara foi à frente dos seis amigos e explicou o que era o jornal "Terra dos Encantados". Falou um pouco aos alunos daquela classe sobre Ókumdara, contou sobre alguns dos seres Encantados, mostrou os desenhos e finalmente leu um trecho do primeiro texto. A seguir, finalizou convidando todos os alunos a participar do jornal:

— Todos os meses vamos imprimir um jornal que vai circular pela escola — explicava Luara — e todos podem participar e ganhar nota escrevendo redações ou fazendo desenhos sobre os Encantados. É só entregar para as professoras de Português ou de Artes.

Houve então um breve silêncio. Os seis amigos estavam nervosos, qual seria a reação dos outros? Finalmente um aluno da classe gritou:

— Que ideia babaca! Encantados... que coisa de criança!

Logo, toda a classe caiu na gargalhada, fazendo gozações e tirando sarro do jornal. Luara e os amigos ficaram arrasados. Imediatamente as dores de cabeça voltaram. As crianças daquela classe já estavam cercadas pelas larvas. Já não acreditavam mais em fantasia e eram capazes de debochar e ofender outros colegas. Os seis amigos então deram-se as mãos para resistir ao ataque das larvas e, entristecidos, deixaram a classe.

As coisas, porém, não melhoraram. Durante toda aquela semana, Luara e os amigos foram de classe em classe falando do jornal e, em todas as classes, eram ofendidos por colegas que debochavam do jornal e chamavam aquela ideia de ridícula. A missão dos seis amigos era mais difícil do que eles imaginavam.

Mesmo as crianças de 11, 12 e 13 anos já estavam completamente vazias de fantasia e alimentavam sentimentos ruins, atraindo larvas e escuridão. Não havia mais lugar para a Magia ou Fantasia!

No final de semana os seis se reuniram na casa de Mariah. Estavam tristes e desanimados, o plano do jornal havia sido um fracasso e eles não sabiam o que mais poderiam fazer. Hoje, porém, seria novamente noite de lua cheia e todos acenderiam suas mandalas mágicas perto da meia-noite para voltar à Terra dos Encantados. Mas como encarar os seres de Ókumdara e avisá-los do fracasso?

Pouco depois, cada um foi para sua casa. Sem falta, todos acenderam suas mandalas em segredo e seguraram suas miniaturas até o relógio mostrar as 12 horas.

6.

O fim de Mitra

Mais uma vez os seis amigos se encontravam em Mitra. O que viram, porém, encheu-lhes de tristeza: o céu estava escurecido por nuvens negras, os pinheiros, antes verdes e fortes, estavam completamente queimados e as águas dos rios, antes rosadas e transparentes, agora mostravam-se turvas e escuras. Ao longe, no horizonte, surgiam clarões que lembravam explosões. Um medo intenso pairava no ar.

De espadas em punho, Hamiser apareceu cavalgando apressado, seguido por Aisha, Totzah, Cléo, Lexus e Uria. Todos vinham montados em cavalos, com exceção de Cléo, que vinha segurando-se sobre uma coruja. Logo atrás de Uria, cavalgavam seis pôneis vazios.

— Hamiser! O que está acontecendo? — Gritou Luara.

— Não há tempo para explicar agora, Luara! — Respondeu o elfo. — Vocês devem montar nos pôneis e nos seguir, rápido!

Sem hesitar, os amigos lhe obedeceram. Enquanto montavam, Hamiser explicava:

— Perdemos toda a parte sul de Mitra! O Mal-sem-Rosto chegou até aqui. Precisamos ir para Ormuz, a Cidadela Real, o único lugar ainda seguro.

— O que aconteceu com a floresta? Onde estão as fadas? Por que está tudo escuro?

— Quando o Mal se aproxima — explicou o mago Totzah —, tudo perde sua força e sua alegria. As coisas murcham e escurecem. Morrem.

— Que horror! — Gritou Luara, sentindo-se completamente tomada pelo medo e pela tristeza.

Agora todos cavalgavam rápido e em silêncio. Hamiser ia à frente com Cléo. As seis crianças iam no meio seguidas de perto pelos outros Encantados que lhes guardavam as costas. O cenário era terrível, nada era como na primeira vez. Mitra não parecia mais uma terra encantada, e sim uma terra de pesadelos. Conforme avançavam, lágrimas desciam pelo rosto dos seis amigos.

De súbito, Hamiser parou e voltou-se para os seis amigos. Os olhos do elfo estavam tristes e distantes.

— Agora é preciso que vocês sejam fortes e estejam preparados — disse Hamiser. — Vamos atravessar os escombros da Floresta das Fadas.

Apesar das palavras do Guardião, nada poderia ter preparado os seis amigos para o terror daquela cena. Onde antes havia centenas de pequenas fadas voando iluminadas e faceiras por entre os pinheiros, restava apenas a destruição. O chão, por entre os pinheiros secos e escuros, estava coberto de fadas mortas. Os pequenos corpos sem vida e sem luz amontoavam-se a perder de vista. Algumas fadinhas, ainda vivas, porém sem energia e sem brilho, choravam por entre suas companheiras caídas. Os seis amigos cobriram os olhos molhados de lágrimas. Com voz rouca e entristecida, Aisha explicou:

— Cada vez que uma criança deixa de acreditar em fadas, uma fada morre em Ókumdara.

Foi quando Luara percebeu uma fada maior do que as outras por entre os corpos mortos. Ela vestia uma bata rosa e comprida, suas asas transparentes estavam sujas e machucadas e, com o rosto baixo, ela permanecia sentada apenas olhando sua varinha prateada.

— Quem é aquela, Aisha? — Perguntou Luara.

—Aquela é Lirialim, uma das fadas mais antigas de Ókumdara. No mundo dos homens, ela é conhecida como a Fada dos Dentes, mas deve desaparecer em breve pois cada vez menos as crianças acreditam nela.

Os amigos então seguiram calados. A tristeza era grande demais para que eles conseguissem conversar. Ainda mudos e entristecidos, eles entraram no vale de Ormuz, na Cidadela Real dos Elfos, o único lugar em Mitra que ainda possuía árvores com vida e água limpa. Mesmo assim, nem toda a beleza e esplendor da cidade de mármore foi capaz de animar os seis amigos e os Encantados que os guiavam. Com o rosto sujo de batalhas e a expressão preocupada, Alery, o chefe dos guerreiros elfos, surgiu para saudar Hamiser.

— Salve, Alery! — Cumprimentou Hamiser enquanto desmontava de Agna. — Qual a situação?

— Devemos aguentar apenas por mais um dia, Hamiser. Os guerreiros estão vigiando todas as fronteiras ao sul. Repelimos todos os servos malignos, mas quando houver a investida final, não seremos capazes de resistir.

—Um dia então será o suficiente. Diga aos guerreiros para manterem suas posições até que eu os chame.

— E senhor... — continuou Alery com a voz trêmula: — Elahar tombou em combate poucas horas atrás.

— Elahar morreu?

Hamiser parecia não acreditar no que ouvia. Assim como ele, Elahar era um senhor élfico, único descendente em Ókumdara da linhagem de Valahir, os elfos superiores. Há séculos ele lutava contra as forças da escuridão ao lado de Hamiser e estivera junto dos unicórnios e do próprio Dragão Dourado nas batalhas da última Grande Era dos Encantados.

Hamiser ajoelhou-se, seguido por Alery. Fechou os olhos e falou numa língua bela, porém incompreensível. O som das palavras era doce e melódico e, na língua dos Valahir, eles oraram por Elahar. Dizia-se em Ókumdara que a língua dos elfos superiores era a mesma língua falada pelos anjos, tão antiga quanto o próprio tempo.

Pouco mais tarde, os seis amigos foram levados até a morada do Guardião, no centro de Ormuz. Enquanto conversavam, Hamiser aproximou-se de Luara:

— Luara, venha comigo. Gostaria que você conhecesse alguém.

Luara seguiu Hamiser escadaria acima e, num aposento recluso, seus olhos encheram-se de maravilha ao encontrar Zaki. Muito embora ele estivesse ferido e cansado, ainda preservava sua altivez e nobreza. O rei dos centauros estava parado em frente a um grande poço de águas cristalinas, que parecia observar com atenção, mas virou-se para cumprimentar os amigos.

—Luara — disse Hamiser —, este é Zaki, o rei dos centauros.

— Olá, Luara — continuou Zaki. — Finalmente posso conhecê-la pessoalmente.

— Você já me conhecia?

— Há muito tempo, minha amiga.

— Muitas vezes Zaki a protegeu do Mal sem que você soubesse, Luara — explicou Hamiser.

— Como? — Quis saber a menina.

— Através desse poço de água cristalina, podemos observar os seres do mundo dos homens que nos criaram. Se as larvas ou a escuridão se aproximam, temos o direito de interferir para protegê-los. Zaki tem me ajudado bastante a proteger você nos últimos tempos.

— Então as dores de cabeça, a tristeza...

—Sim, Luara — completou Zaki —, essas dores de cabeça bem como o medo e a tristeza são alertas de que as larvas estão se aproximando. Elas chegam por um lado e nós chegamos pelo outro. São batalhas ferozes.

— Puxa, eu não sei o que dizer, muito obrigada.

— Não há razão para agradecer. Aqueles que acreditam em nós, por nós são protegidos. É a lei.

Foi quando um som possante varou os ares. Trombetas poderosas ecoaram por toda Ormuz.

— A última coluna dos Encantados! — Gritou Hamiser entusiasmado: — eles conseguiram! Atravessaram o portal de Ormuz! Vamos!

O Elfo desceu as escadarias rapidamente seguido por Luara. Logo estavam todos reunidos em uma das grandes varandas de Ormuz.

— Hamiser, o que está acontecendo? — Perguntou Luara.

— Os últimos sobreviventes de Ókumdara estão chegando de terras longínquas e rumam para o Templo de Gelo. São todos fugitivos que conseguiram escapar do Mal-sem-Rosto. Ormuz é a última fronteira para eles, ao norte daqui ficam as terras geladas, refúgio do Dragão Dourado.

— O que isso significa?

— Todos os Encantados que conseguiram sobreviver estão fugindo para o Templo de Gelo. Nossa missão em Mitra era resistir ao Mal-sem-Rosto. Até que todos os fugitivos cruzassem os portões de Ormuz, precisávamos dar cobertura a todos. As trombetas anunciam a chegada da última coluna de sobreviventes. Assim que eles passarem, teremos cumprido nossa missão em Mitra e também nós deveremos ir para o Norte.

— Então vocês irão abandonar Mitra? Como?

— Luara, há séculos resistimos ao Mal-sem-Rosto. Fizemos tudo que podíamos para salvar cada parte de Ókumdara, mas o Mal é implacável. Eu nasci e cresci em Ormuz, e deixá-la à mercê da escuridão me machuca mais do que você possa imaginar. Mas temos a obrigação de ir para o Templo de Gelo para ajudar e proteger os Encantados que sobreviveram. É o único lugar onde ainda teremos força para lutar. Será a última batalha de Ókumdara.

— Hamiser, do que você está falando? O que é esse Templo de Gelo? Que última batalha é essa?

— Há muito tempo existiam muitos Templos em Ókumdara onde os sábios viviam. Esses templos eram também a moradia dos Guardiões do Dragão Dourado. Um a um, todos foram destruídos pelo Mal. Hoje, restam apenas dois: o Templo de Mármore, onde estamos agora em Ormuz, e o Templo de Gelo, onde vive o mais antigo e mais poderoso dos Guardiões do Dragão Dourado. Seu nome é Valkan, um guerreiro ancião. Na Primeira Grande Era de Ókumdara, antes do Cisma de Irshu que dividiu os povos, Valkan era o único Encantado capaz de conquistar e montar nos Dragões. Guerreiro fabuloso de sabedoria infinita, uma vez por ano Valkan vai ao mundo dos homens e fortalece a crença das crianças em Ókumdara. Isso sempre acontece em dezembro, quando então Valkan está mais forte do que nunca. Por isso, precisamos resistir até dezembro. Nem mesmo Valkan será capaz de resistir ao Mal-sem-Rosto sozinho, mas não estamos dispostos a entregar Ókumdara facilmente. A Terra dos Encantados vai cair, mas o Mal também sofrerá e pagará um preço alto.

— Não fale assim, Hamiser! Ainda há esperança para Ókumdara.

— Não é o que os Encantados acham, Luara. As Grandes Eras acabaram e Ókumdara está fraca, você sabe. Essa será a última batalha do que os Encantados chamam de Terceira Era Baixa, as Eras em que Ókumdara passou a desmoronar.

— Mas, se você se reunir à Valkan e ao Dragão Dourado, junto com Aisha, Cléo, Totzah, Lexus e Uria, não será possível resistir?

Hamiser soltou um sorriso entristecido.

— Você ainda não viu o tamanho das forças da escuridão, Luara.

De súbito, Cléo levantou voo em sua bela coruja enquanto gritava:

— Eles chegaram! Vejam! A última Coluna dos Encantados!

OS GUARDIÕES DO DRAGÃO DOURADO

Os seis amigos então assistiram a um espetáculo inacreditável, uma cena que ia além de qualquer conto de fadas: uma coluna formada por mais de 500 seres Encantados atravessava a floresta de Ormuz. As criaturas que ali desfilavam eram as mais variadas e fantásticas possíveis, bruxas, gigantes, ogros, ninfas, gênios, anões, trolls, orcs, goblins, gnomos, uldras, duendes, seres elementais que brilhavam, guerreiros de pedra, gryfos, animais falantes. No centro da coluna, vinham também muitos Encantados feridos, carregados por gigantes ou cíclopes.

Enquanto durou aquele espetáculo fantástico, os seis amigos esqueceram-se completamente do medo e da escuridão, apenas olhavam imóveis para algo que jamais esqueceriam. Seus olhos brilhavam de lágrimas, mas dessa vez não eram lágrimas de tristeza, e sim de emoção.

— Aisha — perguntou Mariah —, de onde vêm todos esses seres? Como eles ainda existem?

— Eles ainda existem graças à crença de outras crianças e adolescentes como vocês, de adultos que nunca deixaram de acreditar, e graças à fantasia e inspiração de escritores, poetas, autores, compositores, cineastas, pintores e muitos artistas do mundo dos homens que os criam e contam histórias maravilhosas para que outros possam também acreditar.

Boquiabertos, os seis amigos deram-se as mãos sem pronunciar uma única palavra — permitindo apenas que o silêncio preenchesse de sentido as emoções que eram incapazes de descrever.

A coluna dos Encantados lentamente desaparecia no horizonte aproximando-se da fronteira norte de Ormuz, quando se ouviu a voz de Zaki gritando angustiada:

— Hamiser! Venha rápido! Preciso de sua ajuda.

Hamiser correu velozmente escadaria acima, seguido pelos seis amigos e pelos Encantados. Ao chegarem à morada do Guardião, encontraram Zaki nervoso dando voltas ao redor do poço de águas cristalinas.

— Precisamos ir, Hamiser! Victor está em perigo!

Dentro da água do poço, era possível ver um homem adulto discutindo e gritando com duas meninas de 7 e 8 anos, suas filhas. Os seis amigos se impressionaram ao ver o corpo do homem coberto por larvas negras. Quanto mais o homem gritava, mais larvas aproximavam-se dele. Logo, outras criaturas assustadoras também se aproximaram, encostando-se no corpo do homem e sugando as larvas que não paravam de surgir. Essas criaturas possuíam um sorriso diabólico, dentes e garras de feras, corpos imundos e chumaços de algodão tapando-lhes os ouvidos, nariz e olhos, e quanto mais elas tocavam no homem, mais ele gritava e descontrolava-se, atraindo e criando milhares de larvas.

— Que horror! O que está acontecendo? — Perguntou Alex.

— Quando ainda era criança, Victor, esse homem que você está vendo no reflexo da água, criou Zaki — explicou o mago Totzah —, porém ainda adolescente Victor parou de acreditar nos Encantados e foi cada vez mais cercado pelo Mal. Aquelas duas garotas são suas filhas que sofrem com a escuridão que cerca o pai. Embora Victor tenha parado de acreditar, Zaki nunca o abandonou. Agora, porém, não há mais o que fazer. Somente Victor pode salvar a si mesmo.

Na água do poço, Victor gritava cada vez mais com as crianças até que de repente ergueu a mão para surrar uma das meninas. Nesse instante, dezenas de criaturas diabólicas cobriram por completo o corpo do homem e o quarto onde ele se encontrava foi tomado por larvas asquerosas.

— Agora, Hamiser! — Gritava o centauro — Vamos!

Hamiser segurava Zaki com firmeza.

— Não, Zaki! Você sabe que não podemos! Entrar no poço será suicídio! Você já não tem poder nenhum ao lado de Victor! Não conseguiremos lutar!

— Você está sendo covarde, Hamiser!

— Você conhece as leis, Zaki! Victor não acredita mais e você sabe disso! Apenas o Mal tem poder perto dele! Nossa missão é ficar aqui e proteger o que resta de Ókumdara!

Num movimento brusco, Zaki libertou-se do elfo e atirou-se dentro do poço.

— Não! — Gritou Hamiser. — Centauro tolo!

Hamiser abaixou a cabeça e fechou os olhos, retirando-se a seguir daqueles aposentos. Os outros ficaram em silêncio observando o triste massacre nas águas do poço: assim que Zaki entrou no quarto, todas as criaturas escuras deixaram Victor e atiraram-se sobre o centauro, que, completamente sem forças para lutar, foi cruelmente estraçalhado. Pouco depois os parasitas abandonaram o corpo sem vida do centauro e mais uma vez voltaram suas atenções para Victor. As águas do poço então ficaram turvas e não era possível ver mais nada. Com o fim da existência de Zaki, acabava-se também a magia de seu poço. Luara e seus amigos, chocados, permaneciam imóveis.

— Venham, crianças — disse Aisha cortando o silêncio. — Vamos sair daqui.

Do lado de fora, Hamiser preparava Agna para partir.

— Luara — disse o elfo —, de agora em diante vocês precisarão ser fortes. A batalha final se aproxima e não poderemos mais deixar Ókumdara para ajudá-los. Os Encantados no Templo de Gelo precisam de nós o tempo todo ao lado deles para resistir à escuridão. Vocês devem se proteger das larvas sozinhos.

— Mas como? — Perguntou Luara aflita. — Se mesmo com a ajuda de vocês já é difícil, como vamos conseguir sozinhos?

— Acreditem! — Disse Totzah com a voz séria. — Essa é a arma mais poderosa para enfrentar o Mal invisível, crianças. Se vocês mantiverem a crença e a certeza de que a luz existe, mesmo que os Encantados não possam ajudá-los, outros seres de Luz com certeza ajudarão.

Nesse instante ouviu-se uma grande explosão e toda a Cidadela de Mármore estremeceu. Alery saltou rápido de uma das árvores.

— Hamiser! — Gritou o chefe elfo. — O Mal-sem-Rosto chegou! Já estão na entrada de Ormuz!

O céu então escureceu e, como por mágica, todas as árvores ao redor da Cidadela de Mármore morreram e o solo começou a abrir-se em fendas. Um pavor intenso tomou conta dos amigos.

— Guerreiros! — Gritou Hamiser. — Tomem seus postos! Precisamos dar mais tempo para que a última coluna de Encantados chegue com segurança ao Templo de Gelo.

— Que venham os vermes malditos! — Gritou o cavaleiro Lexus enquanto desembainhava sua pesada espada.

— Crianças! — chamou Aisha. — Fiquem próximos de mim!

Em seguida, a bruxa entoou um cântico mágico enquanto movimentava suas mãos em espirais fazendo surgir uma grande redoma prateada ao redor dos amigos.

Alery assoviou com força e logo outros guerreiros elfos surgiram cavalgando por entre as escadas de mármore.

— As víboras! — Gritou Uria. — Já consigo farejá-las!

Foi quando a visão do terror surgiu perante os olhos dos seis amigos: o horizonte tingiu-se de negro e, num barulho ensurdecedor, milhares de víboras e criaturas horrendas surgiram avançando velozmente. Ormuz então voltou a tremer e as gigantescas e belas estruturas de mármore passaram a desmoronar. Era o fim de Mitra. Montado em Agna e liderando os elfos, Hamiser desembainhou suas duas espadas e gritou:

— Luara! Faltam poucos dias para dezembro! Sejam fortes e não desistam! Ajudem Ókumdara! Vocês podem!

Os seis amigos permaneciam paralisados de medo quando o Guardião Elfo encarou a escuridão e gritou:

— Ataquem sem medo, Encantados! Por Mitra!

Em grandes pulos pelos galhos das árvores, Uria seguia os elfos de perto indo de encontro às víboras. Lexus corria logo atrás de espada em punho carregando Cléo em seu ombro e Totzah, ao lado de Aisha e com os olhos em chamas, conjurava magias que agitavam as nuvens escuras provocando violentos clarões e raios que explodiam sobre a escuridão.

O fim de Mitra e uma violenta batalha desenhavam-se diante dos olhos das crianças quando subitamente tudo desapareceu e os seis amigos voltaram cada um para seu quarto, mais uma vez no mundo dos homens. As mandalas haviam se apagado.

7.

A última batalha

No dia seguinte os seis amigos se encontraram aflitos. Era preciso agir rápido. Depois do que eles haviam visto, não podiam desistir, além disso, faltava pouco para dezembro. Mas o que fazer se as crianças não acreditassem neles, se não quisessem participar do jornalzinho?

— Não importa! — Dizia Luara com firmeza. — Vamos passar de classe em classe, de sala em sala até alguém acreditar, até alguém gostar da ideia! Não podemos abandonar os Encantados!

E assim foi feito. Como os seis amigos estudavam no período da manhã, pediram à diretora permissão para passar nas classes também no período da tarde e já começaram logo na segunda-feira. A reação dos alunos, porém, apenas entristecia os seis amigos. Sempre saíam das classes vendo sorrisos irônicos e expressões de deboche. Além disso, à medida que o dia avançava, o mal-estar e as dores de cabeça iam aumentando.

— Eu não sei se vou aguentar — desabafou Tatiana quase chorando. — Minha cabeça está explodindo e eu não quero mais fazer papel de ridícula na frente de todo mundo.

— Você precisa aguentar, Tati — insistia Eric. — Acho que as cabeças de todos nós estão doendo.

— Não é só a dor — continuava Tatiana —, eu também sinto muito medo!

— Lembrem-se de Totzah — alertou Alex —, precisamos acreditar!

Os seis então fecharam os olhos e deram-se as mãos no corredor da escola, imaginando criaturas iluminadas se aproximando e pedindo por ajuda. Em poucos minutos sentiam-se melhor, mais fortalecidos e protegidos, prontos para continuar a peregrinação. Os resultados, porém, não melhoravam. Já haviam passado em todas as classes das 5ª e 6ª séries e nenhum aluno havia se candidatado a escrever ou desenhar para o jornal. Aquelas crianças e adolescentes pareciam interessar-se apenas por celulares, redes sociais, programas de televisão, jogos eletrônicos ou computadores.

No final da tarde eles estavam abatidos, os rostos cansados e as cabeças doendo. Sabiam que estavam sob ataque direto das larvas astrais.

— Precisamos mudar isso — disse Luara com a voz cansada. — Acho que vamos precisar falar com a diretora para passar nas turmas mais novas, talvez 3ª e 4ª séries. Quem sabe eles ainda acreditem?

— Além disso — completou Mariah —, nosso tempo é curto. Talvez devêssemos nos dividir em duplas para poder passar em mais classes. Ókumdara não pode esperar.

— Tem razão — concordou Pedro. — Vamos já falar com a diretora.

Naquele instante os amigos foram à sala da diretora que não conseguiu esconder a surpresa ante as expressões cansadas e abatidas das crianças.

— Nossa — exclamou a diretora —, vocês parecem cansados. Será que não andam trabalhando demais?

— É por uma boa causa — respondeu Luara. — Devemos fazer de tudo para que as crianças voltem a usar suas imaginações.

A diretora olhou espantada para Luara. Não podia acreditar que aquela menina tão jovem estivesse usando argumentos tão conscientes e maduros.

— Você tem razão Luara — foi tudo que a diretora respondeu. — E como estão indo as coisas?

A partir dali os amigos explicaram tudo que vinha acontecendo e pediram permissão para conversar com turmas mais novas. A diretora, ainda entusiasmada e impressionada com a ideia e com a determinação daqueles seis, consentiu. No dia seguinte eles poderiam começar.

Aquela noite, porém, foi terrível. Os seis amigos tiveram pesadelos horrendos com as larvas astrais, víboras negras e parasitas malignos. Todos acordaram febris e com fortes dores na cabeça. Eles tentavam orar e pedir auxílio para os seres da luz, mas estavam tão cansados e atordoados que sequer tinham força e concentração para terminar suas orações.

— Filha, você não está com uma carinha muito boa, deve estar pegando uma gripe — dizia a mãe de Luara durante o café da manhã. — Talvez fosse melhor você faltar na escola hoje.

— Imagine, mãe. Estou bem, sim! — Fingia Luara. — E hoje tem trabalho na escola, não posso faltar de jeito nenhum!

— Você é quem sabe, filha. Hoje vocês também vão ficar na escola até mais tarde?

— Vamos sim, mãe. Pode me buscar às cinco.

Logo após o almoço, os seis iniciaram mais uma vez a peregrinação pelas classes de 3ª e 4ª séries. Conforme o combinado, dividiram-se em duplas para ganhar tempo: Mariah ia com Luara, Tatiana com Pedro, Alex com Eric. Os resultados daquele dia não foram ideais, mas já haviam melhorado bastante — embora ainda não houvesse voluntários para escrever ou desenhar, os alunos mais novos pelo menos ouviam com mais interesse e já não debochavam do jornal.

No final da tarde os seis amigos se reuniram para comparar os resultados. As dores de cabeça não haviam passado e seus rostos estavam ainda mais cansados e abatidos.

— Preciso ir para casa logo — dizia Pedro. — Estou começando a ficar tonto e enjoado.

— Eu também — disse Tatiana. — Mas o que mais me incomoda é o medo. Estou com muito medo. Acho que estamos completamente cercados por aquelas coisas horríveis que atacaram o centauro.

— Não vamos pensar assim — encorajava Luara. — Mais do que nunca precisamos ter fé para vencer essa batalha. Vamos acreditar e orar como disse Totzah.

Eles deram-se as mãos e oraram juntos, pedindo luz e proteção.

— Vocês viram como as coisas hoje já foram bem melhores? — Animou Luara após a prece. — Amanhã vai ser melhor ainda. Acho que devemos agora passar também nas 2ª séries.

— Tem razão — completou Alex. — Parece que quanto mais nova a turma, melhor a reação.

— Então está combinado. Nos vemos amanhã.

Naquela noite a mãe de Luara assustou-se ainda mais com a aparência da filha: a garota, agora visivelmente febril, tinha os olhos envoltos por duas grandes olheiras escuras. Parecia ter envelhecido vários anos em apenas alguns dias, e convencer sua mãe a deixá-la ir para a escola no dia seguinte foi ainda mais difícil.

Os seis, porém, não se encontraram no dia seguinte. Apenas Luara e Mariah foram à escola.

— Mariah! Onde estão os outros? Precisamos da ajuda deles!

— Não sei, Lu. Vamos telefonar na hora do intervalo.

Na hora do intervalo, porém, ao telefonar, as duas constataram que ficariam sozinhas para ajudar os Encantados pois Alex, Pedro, Eric e Tatiana estavam de cama com febre e não poderiam ir para a escola. Naquele mesmo instante Luara e Mariah fizeram uma oração pelos amigos. Sabiam que os ataques ficariam cada vez piores à medida que o Mal-sem-Rosto avançasse por Ókumdara.

— Bom, Mariah — dizia Luara mais tarde durante o almoço —, então hoje tudo depende de nós duas.

— Hoje é nosso grande dia, Lu — respondia Mariah. — Tenho certeza de que os alunos da 2ª série ainda acreditam em Fantasia e nos Encantados!

— Espero que você esteja certa.

Menos de uma hora depois, as duas preparavam-se para entrar na primeira classe para falar do seu jornal quando as pernas de Luara começaram a tremer. Um medo enorme a invadiu e uma dor de cabeça ainda mais forte começou de repente. Ela apoiou-se na parede ao lado da porta.

— Mariah — dizia Luara com a voz fraca —, eu não vou conseguir. A escuridão está aqui e vai fazer de tudo para nos impedir — terminadas as palavras, Luara sentou-se no chão, lágrimas tímidas escorriam pelo rosto cansado. — Eu não vou conseguir.

— Luara! Você precisa conseguir! — Encorajava Mariah ajoelhando-se ao lado da amiga. — Eu não posso fazer isso sozinha! Levante-se! Força, amiga, por favor! Pense nos Encantados, Luara!

Mariah então fechou os olhos, segurou a mão de Luara e iniciou uma oração reunindo toda a concentração que ainda carregava consigo. Imaginou lindas criaturas aladas e repletas de luz ajudando e protegendo as duas.

— Vamos, Lu. Você consegue.

Como por encanto, Luara levantou-se, enxugando as lágrimas do rosto.

— Obrigado, Mariah. Vamos entrar.

Mariah sorriu e seguiu a amiga, entrando na primeira classe das 2ª séries. Todos os alunos olhavam para as duas com atenção e Luara escolhia em silêncio as melhores palavras para começar sua explicação quando, de repente, mais uma vez um medo intenso invadiu-lhe o coração, suas pernas tremeram, sua visão escureceu e ela caiu. Mariah e a professora correram para ajudá-la.

— Luara! Luara, o que aconteceu? Fale comigo!

Mas Luara não respondia. Havia desmaiado.

~

Tudo era escuridão. Luara estava coberta por milhares de víboras negras que, enroladas em seus braços, pernas e pescoço, mordiam e picavam seu corpo sem parar. Luara tentou gritar, mas sua voz não saía. Tentou mover-se, tentou se debater, mas também não conseguia. Estava imóvel, paralisada. Apenas sentia um pavor indescritível e a dor terrível das picadas que não cessavam. As serpentes mordiam-lhe as costas, o rosto, as pernas e os braços. Gritos e vozes malignas pareciam sair das bocarras escancaradas daqueles seres diabólicos. Logo outras criaturas infernais apareceram sobre as montanhas de cobras. Seres deformados e acorrentados uns aos outros caminhavam por entre as víboras e estendiam suas garras monstruosas tentando tocar em Luara quando uma voz clara elevou-se gritando:

— Eu evoco o poder dos ocultos, dos eternos e sagrados e peço que façam de minhas espadas instrumento de Sua vontade e serventia de Sua Lei!

Um poderoso clarão rasgou os ares cegando as víboras e os entes infernais, e logo em seguida uma grossa labareda de fogo fulminou todas as criaturas da escuridão, poupando apenas Luara, que permanecia imóvel.

— Vamos, Luara!

Um braço forte puxou a garota do chão, e só então ela pôde reconhecer Hamiser, que vinha montado em Agna para salvá-la.

— Hamiser... obrigada.

Aos poucos a voz de Luara voltava, bem como seus movimentos e sua consciência. Seu corpo estava repleto de feridas e picadas, a dor, porém, havia passado. A labareda de chamas que a havia livrado das cobras parecia também tê-la livrado da dor.

— Agora segure-se com força! — Gritou o elfo. — Agna! Veloz como o vento!

Luara não podia acreditar em seus olhos. Eles estavam cavalgando sobre um mar infinito de víboras negras. A escuridão estendia-se por todos os lados até onde a vista alcançava. Agna avançava em velocidade incrível, suas patas poderosas pisoteavam as montanhas de serpentes que cobriam o chão. Hamiser gritava enquanto subia e descia violentamente suas duas espadas, destruindo a cada golpe centenas de cobras que saltavam contra eles e tentavam enrolar-se no unicórnio.

— Mais rápido, Agna! Mais rápido!

O unicórnio, porém, ia perdendo velocidade. Havia serpentes demais enroladas em suas patas. Hamiser brandia suas espadas aniquilando as víboras e protegendo Luara, no entanto, a cada passo mais e mais cobras subiam por Agna, que já não conseguia mais resistir a tantas picadas.

— Força, Agna! Vamos!

Hamiser lutava em desespero. Destruía as serpentes com fúria e suas espadas cintilavam numa chama colorida impedindo que os monstros se aproximassem de Luara. O unicórnio, porém, já não conseguia avançar. Estava atolado nas serpentes. Suas patas estavam completamente presas e as víboras agora subiam-lhe pelo pescoço, picando-o cada vez mais. Agna relinchava alto e tentava reagir, mas era inútil.

— Luara! Segure-se em mim! Vamos saltar!

A menina abraçou-se no guerreiro elfo com a força que ainda lhe restava e, num movimento rápido, Hamiser pulou para o mar de serpentes abrindo caminho com suas duas espadas flamejantes. O Guardião golpeava as víboras com força e velocidade tentando libertar Agna, que já quase desaparecia sob a montanha escura de demônios.

— Agna! Lute! Lute, por favor!

A voz de Hamiser era trêmula e dolorida. Lágrimas corriam abundantes em seu rosto ao ver mais e mais serpentes avançando. Para cada cem víboras destruídas por suas espadas, outras mil surgiam atacando com crueldade.

Em poucos minutos, Agna fechou os olhos. Estava morto. Rapidamente as serpentes cobriram o corpo do último unicórnio de Ókumdara, fazendo-o desaparecer para sempre naquele mar de escuridão.

— Não! Agna! — Hamiser chorava e urrava em dor e fúria. Sabia que também não conseguiria resistir por muito tempo.

Com suas duas espadas, o elfo criava um pequeno círculo de luz no meio daquele verdadeiro oceano de víboras. As serpentes, contudo, chegavam agora em verdadeiras ondas, desabando às centenas sobre o elfo e enrolando-se nos braços e pernas do guerreiro que não parava de combater.

Luara agarrava-se como podia em Hamiser, dominada por um pavor tão intenso que sequer conseguia chorar, quando de repente viu um enorme clarão surgir no céu escuro, seguido por um alto som de trombetas.

— Hamiser! Veja! — Gritou Luara apontando para o alto.

O impossível acontecia: uma enorme carruagem dourada avançava pelos ares, puxada por dezenas de renas poderosas cobertas por armaduras de ouro. Segurando as rédeas das renas com uma mão e um enorme machado com a outra, surgia um guerreiro gigantesco de cabelos brancos e compridos divididos em duas grossas tranças. Uma barba longa e tão branca quanto os cabelos caía sobre o colete prateado que ostentava o mesmo símbolo de Hamiser, o símbolo do Dragão Dourado. Ainda dentro da carruagem, na parte traseira, quase vinte seres pequeninos, semelhantes a elfos de baixa estatura, atiravam centenas de flechas incandescentes sobre as víboras.

— Valkan! — gritou Hamiser. — O mais antigo dos Guardiões veio em nosso auxílio!

Em poucos instantes a carruagem desceu o suficiente para resgatar Luara e o elfo, logo depois rasgando os ares e deixando para trás o mar de escuridão. Segurando as rédeas e direcionando as renas, Valkan soltou uma sonora gargalhada, virando-se em seguida para os dois sobreviventes:

— Tempos difíceis, não é mesmo, Hamiser?

— Muito obrigado, Valkan. Um minuto a mais e teríamos desaparecido sob as víboras.

— Onde está Agna?

— Não conseguiu, Valkan. Tombou para nos salvar.

O rosto de Hamiser carregava uma melancolia que ia muito além das palavras. Seu povo já havia deixado Ókumdara e agora todos os seus companheiros, um a um, eram tragados pelo Mal--sem-Rosto. Valkan pousou a mão sobre o ombro do elfo, porém não disse nada. Sabia que palavras eram inúteis. Hamiser já não conseguia chorar, então Luara, encolhida num canto, chorou pelos dois.

Pouco mais tarde os homenzinhos de trás da carruagem aproximaram-se da menina, trazendo nas mãos panos e garrafas com líquidos coloridos.

— Deixe que meus duendes curem suas feridas, Luara. — disse Valkan.

Rapidamente os duendes esfregaram as picadas no corpo da menina com o líquido colorido das garrafas e, milagrosamente, todos os machucados desapareceram. Foi quando Luara olhou ao redor com os olhos espantados e concluiu:

— Espere aí! Essa barba branca e comprida, essa gargalhada, essa carruagem com renas e os duendes! Isso tudo é familiar!

— Sim, Luara — explicou Hamiser. — Eu havia te dito que todos os anos, em dezembro, Valkan vai ao mundo dos homens para reforçar a crença das crianças em Ókumdara. Sua força aumenta nessa época do ano, pois muitos na Terra ainda acreditam nele.

— Não pode ser!

— No mundo dos homens, Valkan é conhecido como Papai Noel.

Nesse instante Valkan soltou outra de suas gargalhadas e completou:

— Nome engraçado para um guerreiro, você não acha, Luara? Mas eu não me importo, não escolhi esse nome. Os humanos escolheram.

Luara estava incrédula.

— Mas não pode ser! — Dizia a menina. — Se você é real, por que então minha mãe sempre me deu meus presentes de Natal e não você?

— Ora, Luara — continuou Valkan —, antes de mais nada, agradeça à sua mãe por me ajudar. Existem bilhões de crianças na terra, eu jamais poderia visitar todas elas, nem em mil anos! Imagine só fabricar bilhões de presentes então? São raras as crianças que me veem, porém minha função principal não é distribuir presentes, mas sim manter viva a crença na Fantasia, na Luz e no Bem, ou você nunca ouviu falar no espírito natalino, que nada mais é senão amor, alegria e luz? Essa é minha verdadeira função, Luara, e dessa forma eu venho combatendo o Mal e protegendo o Dragão Dourado há muito, muito tempo. Mas tenha certeza de uma coisa: todos os anos muitas crianças realmente me veem e recebem meus presentes e, como você agora já sabe, todas as que acreditam em mim me fazem real e me fortalecem.

— Papai Noel — repetia Luara incrédula —, um guerreiro...

— Veja, Luara! — Interrompeu Hamiser. — O Templo de Gelo!

Luara debruçou-se sobre o parapeito da carruagem e maravilhou-se com o que viu. Uma cordilheira de montanhas brancas parecia estender-se ao infinito e, no topo da que parecia ser a mais alta das montanhas, erguia-se um castelo gigantesco, imponente e majestoso, inteiramente construído de gelo, o Templo de Gelo, último refúgio de Ókumdara.

Assim que a carruagem aterrisou, dentro do castelo os viajantes foram recebidos por muitos outros duendes de Valkan bem como por Aisha, Totzah e Cléo. Todos se abraçaram longamente.

— Estávamos preocupados com vocês — disse Aisha. — Achamos que não conseguiriam voltar.

— Foi por pouco, Aisha. Agna não voltará mais.

Aisha baixou o rosto e segurou a mão de Hamiser em silêncio.

— Eu sinto muito — disse a bruxa.

— Onde estão Lexus e Uria? — Perguntou o elfo.

— Já estão na frente de batalha — explicou Totzah. — As forças da escuridão derrubaram os portões ao Sudeste da Terra de Gelo e em pouco tempo devem chegar até o templo.

— Não pode ser! — Gritou Luara. — O Templo de Gelo não é o último refúgio de Ókumdara?

Foi quando Valkan aproximou-se afiando seu enorme machado com uma pedra grande e oval que carregava na mão direita. Só então Luara pôde de fato perceber a descomunal altura daquele imponente guerreiro. Quem diria que todos os dezembros ele vestia-se de vermelho e visitava as crianças da Terra como Papai Noel?

— Pois é, garota — começou Valkan. — Você tem razão. O Templo de Gelo é sim o último refúgio de Ókumdara. Pode ser que você seja a única humana a testemunhar o fim da Terra dos Encantados.

— Não, Valkan! Isso não pode acontecer.

— Nenhum de nós quer o fim de Ókumdara, Luara. Pode ter a certeza de que os Encantados lutarão até o final. Essa será a maior de todas as batalhas, maior mesmo que todas as batalhas das Grandes Eras! — Dito isso, Valkan ergueu seu machado para o alto e, numa possante gargalhada, continuou: — que venha o Mal! O tempo dos Encantados pode ter chegado a seu final, mas a escuridão pagará um preço alto!

Aisha então tomou Luara pelas mãos e disse:

— Agora vamos, Luara. Eu e Hamiser queremos apresentá-la a alguém que quer muito conhecer você. Os outros precisam seguir para a batalha.

— Adeus, Luara! — Gritou Cléo do ombro de Totzah.

Luara cuidadosamente apanhou o gnomo e seu urso Lao, segurando-os na palma das mãos.

— Adeus, Cléo. Você tem algum recado para Mariah?

— Diga que eu a amo como a uma irmã, e que estarei sempre com ela. Diga também que, sempre que ela quiser enviar um recado aos gnomos, basta sussurrar no ouvido de um gato.

— De um gato? — Espantou-se Luara. — Como assim?

— Em qualquer lugar do mundo, os gatos podem enxergar os gnomos, Luara. E não apenas enxergam como também falam conosco e nos ajudam, assim, quando ela estiver com saudades, basta falar com um gato que ele entregará a mensagem.

Totzah adiantou-se e recolheu Cléo e Lao das mãos de Luara.

— Ainda nos veremos — disse o mago sorrindo.

Luara então entrou por um grande saguão do Templo de Gelo, seguindo Aisha e Hamiser. Por muito tempo eles caminharam por dentro do Templo atravessando grandes salas e escadarias. A agitação era intensa: milhares de duendes corriam de um lado para o outro carregando sacos e mais sacos de flechas enquanto legiões de guerreiros como Lexus vestiam suas armaduras e preparavam suas espadas. Animais como cavalos, renas e águias também eram preparados para a batalha sendo ornamentados e cobertos por belas placas e capacetes dourados.

Finalmente eles chegaram a uma grande porta vermelha de metal guardada por um gryfo de olhar assustador e um enorme ogro que carregava dois machados gigantescos cruzados em seu peito. A porta estava trancada por uma barra que continha cubos móveis, cada um portando símbolos diferentes. Hamiser adiantou-se e falou numa língua desconhecida. Não era a mesma língua que ele usara para falar com Alery, não parecia ter a mesma beleza da língua dos elfos superiores. Eram sons cortantes e longos, proferidos de maneira calma e séria. Aisha murmurou nos ouvidos de Luara:

— Eles estão falando em Dracônico, a língua dos Dragões.

OS GUARDIÕES DO DRAGÃO DOURADO

Após a breve conversa com Hamiser, o Ogro virou-se para a porta e moveu os cubos por alguns instantes, formando o que parecia ser uma espécie de senha ou código para mover a barra. Luara tomou um susto com o que viu: além da porta, estendia-se um labirinto de gelo que parecia não ter fim.

— Meu Deus! Nós vamos entrar aí?

— Fique tranquila — acalmou Aisha —, Hamiser conhece cada passagem desse labirinto.

Os três entraram no labirinto e um arrepio percorreu o corpo de Luara quando ela ouviu a grande porta vermelha fechando-se atrás deles.

— Esse labirinto é o lugar mais perigoso e mortal de Ókum-dara — explicava Aisha enquanto Hamiser, silencioso, guiava o caminho. — Foi construído pelo próprio rei de Élaz, o minotauro, ao longo de mais de cem anos, e guarda armadilhas e segredos esquecidos que nem mesmo os Guardiões do Dragão Dourado conhecem. Quem não souber o caminho perfeitamente e se desviar da rota correta será rapidamente destruído.

— Mas então o que estamos fazendo aqui?

— Esse labirinto mortal protege o ser encantado mais precioso de Ókumdara, por isso estamos aqui, para que você possa conhecê-lo.

— É aqui — disse Hamiser encostando-se a uma parede. — Essa é a passagem — o elfo então empurrou a parede com força, revelando uma escadaria que desaparecia num túnel escuro.

Eles desceram pela escadaria e, após alguns minutos de escuridão completa, as pernas de Luara enfraqueceram e ela quase foi ao chão impressionada com o que viu: um saguão maravilhosamente belo e gigantesco adornado por estátuas e tesouros incríveis, e, deitado, ao centro, o Dragão Dourado, o ser mais antigo de Ókumdara. O tamanho do Dragão era indescritível. Ele parecia ser maior que prédios de vinte andares no mundo dos homens. Suas asas espalhavam-se abertas pelo chão e sua pele e suas escamas brilhavam como ouro. Hamiser e Aisha ajoelharam-se saudando o Dragão, que lentamente abriu os olhos, virando-se para os três e falando numa voz profunda e pausada que parecia fazer vibrar o coração de Luara:

— Saudações, Hamiser, meu fiel guardião. Essa então é Luara, a corajosa garota humana?

— Sim, senhor — respondeu Hamiser sem levantar-se.

— Aproxime-se, Luara. Não consigo enxergá-la bem.

Hesitante, Luara aproximou-se do rosto do Dragão. O corpo inteiro da garota era menor que um dos olhos daquela criatura imensa.

— Eu soube o que você tem feito pelos Encantados, Luara — disse o Dragão — e serei para sempre grato. Eu estou muito fraco e devo desaparecer em breve, por isso pedi a Hamiser que a trouxesse até mim. Meus olhos já não conseguem ver e minhas asas não podem mover-se, não tenho mais forças e minha chama apagou-se. O que me resta é esperar. Houve um tempo, durante as Grandes Eras, em que a fantasia reinava na Terra. Os homens acreditavam nos encantados, na magia e na fantasia, e Ókumdara era forte! Meu povo espalhava-se soberano! Dragões, Elfos e Unicórnios viviam livres em grandes reinos e florestas inimagináveis! A magia era invencível! Ókumdara era o orgulho dos anjos e superiores ocultos e sagrados, que vinham constantemente passear pela Terra dos Encantados! Também recebemos muitos homens que vieram buscar em Ókumdara a inspiração para seus trabalhos. Grandes escritores humanos estiveram por aqui para depois relatar na Terra as maravilhas que encontraram. Um de meus favoritos era um jovem espirituoso chamado William Shakespeare.

— Shakespeare esteve em Ókumdara?

— Muitas vezes, Luara. Até pouco tempo ele ainda visitava os Encantados, mesmo depois de não viver mais entre os homens. Parou de vir pois os tempos mudaram e Ókumdara já não oferece segurança para os visitantes. Os tempos mudaram muito, minha criança. Infelizmente.

Foi só então que Luara percebeu os olhos quase transparentes do grande Dragão. Ele estava completamente cego. Aquela criatura magnífica parecia frágil, inofensiva e, principalmente, triste e cansada. Sua voz, porém, ainda que fraca, parecia conter uma quantidade infinita de sabedoria e compaixão.

— E os homens também mudaram com o tempo, Luara — continuou o Dragão — e condenaram os Encantados a um fim pior que a morte. Você sabe o que é pior que a morte? Ser esquecido, ser abandonado, não possuir ninguém que acredite em você ou lembre de você. Já não há mais lugar para fantasia na Terra.

A voz do Dragão parecia enfraquecer cada vez mais e com tristeza Luara percebeu os grandes olhos transparentes daquele Encantado encherem-se de lágrimas.

— E os anjos e os superiores? — Perguntou Luara aflita. — Eles não podem fazer nada?

— Os anjos e os superiores atendem às preces e orações verdadeiras e sinceras de todos, porém os homens têm usado até mesmo a fé e a religião para alimentar o Mal-sem-Rosto. Usam a fé como desculpa para guerras dementes e se apoiam em Deus e falsas leis divinas para provocar ódio, intolerância, medo, repressão e todo outro tipo de coisa que apenas fortalece a escuridão. Ai daquele que usou Deus como desculpa para um crime! Ai daquele que usou a religião para provocar sofrimento! Quando deixarem o mundo dos homens, serão lentamente devorados pelas víboras da escuridão por toda a eternidade! Você percebe, Luara? Nem os anjos e os superiores são bem-vindos entre os homens. Os homens têm afastado toda a luz de si e os superiores não podem determinar aquilo no que os homens acreditam ou pensam. Os homens abraçaram o Mal. Está começando uma nova era, uma era triste e sombria, a Era da Escuridão.

O Dragão pausou sua fala por um momento como se refletisse sobre o peso de suas próprias palavras. Soltou então um longo suspiro e continuou:

— Nessa Era não há mais espaço para seres encantados. Acabou-se o tempo do Elfo e do Dragão. Nosso tempo acabou.

— Não! — Gritou Luara. — Você não pode deixar isso acontecer! — Ela agora chorava e abraçava o enorme rosto do Dragão Dourado. — Você não pode deixar isso acontecer, por favor!

Por muito tempo Luara chorou abraçada ao maior de todos os Encantados, até que por fim o Dragão falou:

— Agora vá, criança. Hamiser e Aisha têm muito o que fazer no campo de batalha. A escuridão já chegou à nossa porta. Conhecê-la foi uma grande honra!

Os três deixaram o grande saguão, atravessaram o labirinto e pouco mais tarde já estavam de volta no centro do Templo de Gelo onde a agitação era ainda maior. Havia uma fumaça escura e espessa varrendo os ares e guerreiros de espada em punho corriam para a porta.

— O que está havendo? — Gritou Hamiser para um dos duendes que corria carregando flechas.

— O Mal-sem-Rosto chegou! A escuridão está aqui! Derrubaram toda a resistência dos portões Sudeste!

— Rápido, Hamiser! — Gritou Aisha. — Preciso correr para o Cordão dos Magos! A linha de resistência deve estar pronta!

— Vamos! — Respondeu o elfo. — Luara, segure-se em mim!

Rapidamente os três desceram por escadarias e salas de gelo até alcançarem a entrada principal do Templo, onde se depararam com uma visão assustadora: as montanhas geladas, antes brancas pela neve, agora estavam cobertas pela escuridão. O oceano de víboras e criaturas infernais descia em avalanche na direção do Templo, espalhando o medo e o terror num barulho ensurdecedor. O céu escurecia e cobria-se de fumaça e o chão tremia enquanto os Encantados, aflitos, organizavam-se em filas para o combate final formando um poderoso exército.

— Lá está o Cordão dos Magos! — Gritou Aisha. — Hamiser, aqui nos separamos! Boa sorte, Guardião. Que a luz te acompanhe!

— Tem sido uma honra lutar ao seu lado, Aisha — respondeu Hamiser.

— Aisha! — Gritou Luara — Onde você vai?

Aisha não respondeu, apenas sorriu para a menina e desceu pela encosta atravessando as fileiras de guerreiros. Somente então Luara compreendeu o que era o Cordão dos Magos: à frente do exército dos Encantados, formando a primeira linha de resistência, estavam centenas de magos e bruxas. Aos seus pés, centenas e centenas de mandalas e símbolos sagrados complexos riscados em branco eram iluminados por milhares de velas. Luara ainda pôde ver Aisha posicionando-se atrás de uma das mandalas quando a voz poderosa de Totzah rasgou a multidão:

— Magos de Ókumdara, preparem-se!

Num movimento preciso e ritmado, todos os magos e bruxas ajoelharam-se diante de suas mandalas.

— Hamiser — perguntou Luara com a voz trêmula enquanto assistia àquele tenebroso espetáculo —, o que está acontecendo?

— Começou, Luara. A última batalha de Ókumdara.

A escuridão aproximava-se. A um comando de Totzah, todos os magos e bruxas ergueram os braços para o alto e repetiram a uma só voz cânticos e palavras de poder.

Subitamente, o céu pareceu abrir-se e as nuvens escuras cederam lugar a uma gigantesca coluna de fogo que descia em espiral sobre as mandalas. Os magos continuaram proferindo rezas e conjurando sua magia enquanto moviam os braços, e Luara assistiu àquilo boquiaberta quando uma monstruosa onda de chamas partiu das mandalas em direção à escuridão, varrendo e destruindo em poucos segundos milhares e milhares de víboras e outros servos do Mal-sem-Rosto.

Por alguns instantes, tudo ficou em silêncio absoluto. O oceano escuro havia desaparecido das montanhas e restava apenas a fumaça e pequenos ovoides do que antes foram as criaturas malignas. Luara sorriu entusiasmada.

— É isso, Hamiser? Acabou?

Hamiser não respondeu. Permaneceu calado olhando para as montanhas ao sul. Nada. A escuridão parecia ter desaparecido.

— Encantados! — Gritou Hamiser. — Preparem suas armas!

Todos olharam Hamiser espantados. A onda de fogo criada pelos magos e bruxas parecia ter varrido toda a escuridão das montanhas, e ainda assim o líder elfo desembainhou suas espadas. Subitamenre, a poderosa carruagem de Valkan surgiu no horizonte rasgando o céu em velocidade incrível.

— Encantados tolos! — Gritou Valkan brandindo seu machado. — Façam o que Hamiser diz!

Mal Valkan acabara de falar, o chão voltou a tremer. Um grito agudo espalhou o medo no coração dos Encantados quando o Mal surgiu novamente cobrindo as montanhas. Víboras gigantes e seres monstruosos formavam o mar de escuridão que desabava em velocidade assombrosa. Angustiados, os magos e bruxas tentavam riscar novas mandalas no chão quando Hamiser gritou:

— Totzah! Não há mais tempo!

As serpentes caíram sobre os magos como uma avalanche diabólica. Totzah e Aisha lutavam ao lado dos outros como podiam, mas a escuridão era demais. Magos e bruxas provocavam explosões e lançavam raios sobre as víboras, sua magia, porém, era pouca para a quantidade interminável de seres malignos que avançava sem cessar.

— Arqueiros! — Comandou Hamiser. — Preparem suas flechas! Cléo! Ataque com as águias!

Logo Luara presenciou uma cena inusitada: milhares de gnomos montados em águias voavam em direção à escuridão, indo em socorro dos magos. Cléo ia à frente, comandando aquele ataque aéreo de gnomos enfurecidos que disparavam flechas incandescentes sobre as serpentes.

Em seguida, um alto som de harpa chegou aos ouvidos de Luara, que olhou para trás na direção do Templo de Gelo e viu uma luz branca e intensa partindo da porta.

— Hamiser, veja! — Gritou a menina.

— São as fadas que chegam para a batalha, Luara. Não olhe tanto para a luz, pode cegar você.

Mas Luara não resistiu, ainda que fosse difícil enxergar qualquer coisa devido à forte intensidade daquele clarão, o pouco que via por entre os raios luminosos era maravilhoso. Luara virou-se para o elfo, mas ele já estava longe. Hamiser descia a encosta correndo com as duas espadas em punho seguido de perto por Alery e os outros guerreiros elfos.

Luara correu de volta para junto da entrada do Templo de Gelo. O cenário da batalha era terrível. O caos e a destruição se espalhavam por todos os lados. A escuridão aumentava cada vez mais, cercando os encantados. A coluna das fadas avançava corajosamente por entre as víboras. Sua luz, porém, ia enfraquecendo à medida que penetravam mais fundo naquele oceano negro. Os gnomos e suas águias, antes aos milhares, estavam agora reduzidos a centenas. Mais e mais águias eram abatidas, mas ainda assim não interrompiam seus rasantes sobre os seres malignos, despejando suas flechas incandescentes sob o comando de Cléo.

Hamiser, em fúria, parecia ter a força de um exército. Suas espadas flamejantes varriam e destruíam as serpentes e outros seres monstruosos. Alery e os elfos também lutavam com bravura e os poucos magos e bruxas que ainda restavam lutavam pela sobrevivência utilizando toda força e magia contra as tropas do Mal. A poderosa carruagem de Valkan subia e descia pelos ares, atacando as víboras gigantes e as hordas malignas sem descanso. Mais e mais colunas de Encantados chegavam para a batalha. Logo os gigantes de pedra e os ogros chegaram ao campo de batalha, seguidos por fileiras de trolls, goblins, duendes, uldras e criaturas elementais. O chão tremia e o ar era coalhado de gritos de guerra e de pavor. Mesmo nas Grandes Eras, Ókumdara jamais havia presenciado uma batalha tão feroz e tão terrível, em que elfos e trolls e fadas e goblins lutavam lado a lado combatendo um inimigo tão poderoso e cruel.

Lágrimas corriam soltas pelo rosto triste e cansado de Luara. Somente agora ela compreendia o tamanho e o poder do Mal-sem--Rosto. As armas dos Encantados eram sua força e sua luz, mas a escuridão parecia multiplicar-se cada vez mais, sugando e destruindo os bravos seres de Ókumdara. Os elfos tombavam ao lado de Hamiser, que mesmo ferido e rasgado lutava sem dar sinais de cansaço. A luz das fadas se apagava. Renas e duendes da carruagem de Valkan eram tragados pelas víboras gigantes que cuspiam a morte em todas as direções. Luara percebia agora que os Encantados realmente não conseguiriam resistir muito tempo. Era um massacre.

Subitamente, um barulho ensurdecedor tomou conta dos ares. Luara olhou para cima e compreendeu: o Templo de Gelo começava a desmoronar. Seu corpo paralisou-se de medo quando uma enorme torre soltou-se caindo em sua direção. Incapaz de gritar ou mover-se, ela apenas olhava a gigantesca estrutura de gelo aproximando-se em alta velocidade quando um braço forte a puxou, salvando-a da morte no último momento. Luara rolou pelo chão e só depois de recobrar os sentidos percebeu que quem a salvara fora Alery, o general elfo. Ele trazia o corpo completamente ferido e coberto de sangue e picadas.

— Saudações, Luara — disse Alery enquanto rapidamente ajoelhava-se e começava a riscar uma mandala no chão com um pedaço de giz branco. — Trago uma importante mensagem de Hamiser para você.

— Que mensagem, Alery?

Alery agora retirava velas de diversas cores de sua mochila de couro e as acendia ao redor dos desenhos e símbolos da mandala.

— Hamiser ordenou-me que a enviasse de volta ao mundo dos homens. Vamos, entre nessa mandala.

— Não, Alery! Quero ficar em Ókumdara até o final! Não vou abandonar Hamiser!

Alery olhou a menina com compaixão e ternura. Admirava a coragem daquela jovem humana.

— Hamiser não permitiria isso, Luara. Se você ficar em Ókumdara, o destino que a aguarda é pior do que a morte. Agora venha, vou colocá-la dentro da mandala.

Delicadamente Alery pegou-a no colo e a posicionou no interior do círculo riscado. Os olhos assustados da menina passeavam pelo tenebroso campo de batalha e ela soltou um grito de dor quando pôde distinguir Totzah lutando sozinho contra milhares de monstros malignos até ser completamente devorado pela escuridão. Alery ajoelhou-se diante da mandala e já proferia palavras mágicas quando Luara conseguiu avistar Hamiser e Valkan lutando lado a lado sobre os escombros da carruagem tombada. De repente, como se soubesse que Luara o observava, Hamiser virou-se para ela, encarou-a e sorriu, acenando um adeus.

— Saudações, corajosa guerreira humana! — Gritou Hamiser com voz forte num instante mágico em que a batalha parecia parada no tempo. — Volte para os seus e nunca deixe de lutar e acreditar! — Dito isso, o nobre elfo voltou para o lado de Valkan e a batalha prosseguiu com a mesma ferocidade de antes.

Alery havia terminado o ritual diante da mandala. O rosto de Hamiser foi a última coisa que Luara conseguiu enxergar antes tombar sem sentidos. Tudo escurecia mais uma vez.

~

Tudo estava escuro e silencioso quando Luara ouviu ao longe a voz de Mariah gritando:

— Luara! Luara, o que aconteceu? Fale comigo!

Luara abriu os olhos e percebeu que estava deitada no chão da classe da 2ª série. Mariah e a professora da turma estavam ajoelhadas ao seu lado.

— Mariah? — Perguntou Luara ainda confusa. — Meu Deus, quanto tempo eu fiquei desmaiada?

— Como assim "quanto tempo", Luara? Você acabou de cair!

Luara não podia acreditar nas palavras da amiga. Ela parecia ter passado dias em Ókumdara e, no entanto, apenas alguns segundos haviam passado no mundo dos homens.

— Você está falando sério, Mariah? — Insistia Luara enquanto se levantava ajudada pela amiga. — Eu acabei de cair?

— Sim, Lu! Por quê?

— Por nada. Vamos sair da classe por um instante. Preciso falar com você. Professora, você nos dá licença um minuto? Já voltamos.

— Claro, Luara — respondeu a professora —, mas você tem certeza que está bem?

— Tenho sim. Já voltamos.

As duas amigas saíram da classe e Luara apoiou-se na parede do corredor abraçando Mariah e deixando as lágrimas correrem soltas.

— Nossa, Lu! O que houve?

— Você não imagina, Mariah! Eu estive em Ókumdara por muito tempo. É terrível! O Mal-sem-Rosto chegou ao Templo de Gelo e todos os Encantados estão morrendo! Todos! É o fim de Ókumdara!

— Não, Lu! É pra isso que nós estamos aqui! Para ajudar os Encantados! Vamos, você pode! Por favor!

Mariah segurou o rosto de Luara com as duas mãos e falou com voz séria:

— Nunca deixe de lutar e de acreditar!

Luara estremeceu com as palavras da amiga. Eram as mesmas palavras de Hamiser que a acertavam como uma flecha no coração. Como deixar todos os Encantados serem destruídos? Ela agora sabia o que fazer.

— Você tem razão, Mariah. Vamos lutar, não há tempo a perder.

OS GUARDIÕES DO DRAGÃO DOURADO

Luara entrou novamente na classe, seguida por Mariah, e pediu atenção dos alunos. A garota estava séria, compenetrada e confiante. As palavras saíam de sua boca de forma maravilhosa, prendendo não apenas as crianças como também a professora. Ela falou de Ókumdara com tanta paixão e conhecimento que logo a classe estava encantada, todos completamente envolvidos na narração de Luara, que descrevia os seres Encantados em detalhes, arrancando comentários admirados de alguns dos alunos.

— Mas tudo isso é real? — Perguntou uma das crianças da sala.

— Sim — respondeu Luara. — É real e verdadeiro se você acreditar. E se você acreditar de verdade, com o coração, todos os dias os Encantados estarão ao seu lado, protegendo você contra o mal e a escuridão!

~

Nesse mesmo instante algo curioso aconteceu em Ókumdara. Todos os Encantados, mesmo aqueles que estavam completamente feridos, de repente sentiram-se mais fortes, com energia para lutar e resistir por muito mais tempo. Hamiser e Valkan olharam-se sorrindo, sabiam que Luara estava lutando por eles no mundo dos homens.

~

Luara não parava. Contava agora às crianças da 2ª série sobre os elfos. Narrava incríveis aventuras daqueles nobres guerreiros enquanto mostrava desenhos e pinturas. As crianças estavam fascinadas.

— Então, se eu acreditar de verdade nos elfos — perguntou outra criança —, eles vão estar do meu lado?

— Claro que sim, ainda que num plano invisível, no reino onde tudo aquilo que imaginamos é real! — Respondeu Mariah.

— Então, vocês acreditam em elfos? Eu e a Luara sempre acreditamos, por isso eles estão sempre conosco.

As crianças sorriram, respondendo que "sim" com a cabeça.

~

Em Ókumdara, Hamiser não acreditou em seus olhos. Das ruínas do Templo de Gelo, surgia uma poderosa coluna de guerreiros elfos vindo em auxílio dos Encantados. Os guerreiros eram belos e de olhar altivo, e suas expressões serenas e confiantes demonstravam a completa falta de medo enquanto avançavam pela escuridão varrendo as serpentes e seres malignos de seu caminho.

— Veja, Hamiser — gritou Valkan numa gargalhada. — Seus parentes finalmente decidiram aparecer.

— Mas isso é impossível! — respondeu Hamiser incrédulo. — Todos já foram há muito tempo para as terras imortais dos Superiores!

— Bom — respondeu Valkan enquanto continuava lutando contra as serpentes —, parece que sua guerreira humana está fazendo um bom trabalho!

Hamiser sorriu. Sabia que agora eles teriam forças para resistir por muitos dias. O Mal ainda era infinitamente maior e o fim de Ókumdara ainda parecia certo, porém a escuridão agora pagaria um preço muito maior.

~

Dia após dia Luara e Mariah continuaram visitando todas as classes das 2ª séries. Pouco depois os outros amigos, Tatiana, Pedro, Alex e Eric melhoraram e também voltaram a ajudar. Os seis estavam juntos novamente e agora passavam nas classes de 1ª série. O sucesso era incrível. Contagiadas pelo entusiasmo dos seis amigos, as crianças adoravam a ideia do jornal e em pouco tempo eles começaram a receber redações maravilhosas e desenhos lindos para imprimir na "Terra dos Encantados".

Os alunos criavam personagens fantásticos, desenhavam elfos, bruxas e duendes. O êxito foi tão grande que a própria diretora pediu aos seis amigos que levassem a ideia para outras escolas, assim o jornal poderia reunir textos e desenhos de alunos de lugares diferentes. Dito e feito, eles passaram a visitar os colégios sugeridos pela diretora, que acertava e combinava tudo com as outras escolas para que as coisas corressem bem. Em poucas semanas, o volume de redações e desenhos era tão grande que já havia material suficiente para imprimir várias edições do jornal. As crianças voltavam a dar vida ao mundo fantástico, voltavam a imaginar e acreditar.

~

Em Ókumdara, os Encantados, agora completamente fortalecidos e com um exército renovado repleto de seres novos e magníficos, resistiam corajosamente ao Mal-sem-Rosto. A batalha já durava semanas. A escuridão e as víboras não paravam de multiplicar-se, chegando em cascatas por todos os lados. Os Encantados, porém, também voltavam a multiplicar-se graças aos seis amigos e a todas as crianças que passavam a acreditar em Ókumdara. A cada instante surgiam novos guerreiros elfos, gigantes poderosos e legiões de fadas. Hamiser, que não parara de lutar desde o início da guerra, encheu-se de lágrimas quando viu centenas de unicórnios surgirem por entre as sombras, combatendo as víboras com coragem. À frente dos unicórnios e protegido por uma maravilhosa armadura prateada, vinha Agna.

— Agna! — Gritou Hamiser emocionado enquanto corria o mais rápido possível na direção de seu parceiro. — Agna, você voltou! Voltaram a acreditar em você!

Ao ver Hamiser, o unicórnio curvou-se, permitindo que o elfo montasse. Mais uma vez, o guardião combatia a escuridão em cima de seu fiel companheiro.

— Obrigado, Luara — repetia Hamiser enquanto suas espadas desciam em golpes possantes sobre as víboras. — Muito obrigado.

~

Alguns dias depois, enquanto passava numa classe de 1ª série de uma escola diferente, Luara decidiu contar aos alunos a história do Dragão Dourado. Ela falou, falou e falou com tanto entusiasmo e riqueza de detalhes que logo todos estavam fascinados pelo Dragão. Muitas das crianças começaram a fazer desenhos ali mesmo e todos queriam escrever redações sobre aquela criatura fantástica. As perguntas sobre o Dragão não paravam e os seis amigos respondiam todas com um grande sorriso no rosto. Mesmo a professora da classe impressionou-se com a narração e deixou-se levar pela imaginação, fazendo perguntas detalhistas que Luara adorava responder.

Motivados pelo sucesso do Dragão entre as crianças, os seis amigos rapidamente distribuíram-se por outras salas repetindo a mesma história e alcançando o mesmo resultado. Centenas de crianças vibravam com as aventuras do Dragão Dourado e, sobretudo, acreditavam.

~

Sem desanimar, ainda que cansados e abatidos por uma batalha que parecia não ter fim, os Encantados mantinham-se resistindo. Agora, porém, a escuridão também dava sinais de cansaço. O Mal percebia que destruir Ókumdara não seria tão fácil. Por mais de um mês, luz e trevas se chocaram em um combate feroz dia e noite na Terra dos Encantados, quando algo incrível e inesperado aconteceu: os escombros do Templo de Gelo começaram a tremer. Do chão ouvia-se um ruído brutal que parecia preceder o maior de todos os terremotos. Em seguida, clarões e rajadas de fogo e fumaça surgiram por entre as montanhas e o Dragão Dourado ergueu-se colossal, majestoso e imponente abrindo suas asas gigantescas sobre os Encantados, que observavam como se estivessem hipnotizados. Mesmo as víboras e os outros monstros malignos da escuridão interromperam seus ataques e tremeram de medo surpreendidos por aquela visão gloriosa, a imagem viva do poder, da sabedoria, da força e da luz.

Com um urro lancinante, o majestoso Dragão movimentou suas asas e alçou voo, lançando-se sobre o exército da escuridão e cuspindo monstruosas colunas de fogo que devoravam os parasitas aos milhares. Sua cauda dourada e possante seguia pelo chão, arrastando e destruindo todas as víboras que conseguissem escapar das chamas. A criatura mais antiga e poderosa de Ókumdara voltara e demonstrava sua fúria e seu poder aos seres malignos, que, surpreendidos e assustados, pela primeira vez começavam a recuar e fugir.

Os Encantados berravam de animação e seguiam o Dragão, atacando as víboras sem cessar. Hamiser sorria do alto de Agna e reconhecia no campo de batalha todos os seus amigos que haviam desaparecido. Luara havia trazido todos de volta a Ókumdara: Lirialim, a rainha das fadas, o minotauro, Éloras, Totzah, Zaki e muitos outros que não paravam de surgir à medida que as crianças na Terra voltavam a acreditar: elfos, duendes, gigantes, ogros, goblins, devas, ninfas, fadas — o exército dos Encantados crescia em velocidade espantosa.

A luz avançava e o Mal-sem-Rosto fugia encurralado. O cenário da batalha havia se transformado por completo com a volta do Dragão Dourado. Ókumdara estava salva. A escuridão fora expulsa. Enquanto no mundo dos homens as pessoas imaginassem e acreditassem, a Terra dos Encantados estava fora de perigo.

~

Em mais de dez escolas, o jornal "Terra dos Encantados" crescia sem parar. Centenas e centenas de alunos enviavam seus desenhos e redações todos os meses e aguardavam ansiosos pela publicação no jornal impresso e no website dedicado exclusivamente às histórias fantásticas de Ókumdara, que aos poucos ganhava adeptos também entre adolescentes e adultos. Luara, Mariah, Tatiana, Alex, Pedro e Eric não podiam estar mais felizes e animados. Além do jornal e do website, organizavam com as crianças grandes sessões de jogos de RPG, em que, utilizando as personagens e aventuras da "Terra dos Encantados", a imaginação voava livre.

Com o passar dos meses, os textos e as aventuras criadas por Luara tornaram-se tão populares entre os alunos que, em pouco tempo, com ajuda da diretora e de sua escola, ela foi convidada por uma editora a publicar seu primeiro livro: *A batalha por Ókumdara*.

Mas foi somente dois anos depois que Luara recebeu a última grande surpresa de sua incrível aventura: numa tarde calma de sexta-feira, após voltar da escola, ela encontrou uma grande caixa em seu quarto. Sua mãe ainda não havia retornado do trabalho e ela pensava que naturalmente se tratava de alguma encomenda da editora. Ao abrir a caixa, porém, Luara não conseguiu conter o choro. Lágrimas emocionadas inundavam seu rosto enquanto ela apanhava de dentro do embrulho um magnífico colete prateado com o símbolo do Dragão Dourado — o mesmo colete usado por Hamiser e Valkan — e um minúsculo bilhete com os dizeres: "Saudações, Luara. Por sua coragem e dedicação, os Encantados de Ókumdara decidiram nomeá-la como uma das Guardiãs do Dragão Dourado. Estaremos sempre por perto. Muito amor, Hamiser".

Por horas Luara chorou e sorriu ao mesmo tempo, relembrando cada detalhe de sua aventura fantástica. Ela nunca mais voltara a Ókumdara e nunca mais vira Hamiser, e tinha a certeza de que também não veria ou visitaria novamente a Terra dos Encantados e seus seres maravilhosos. Ela era agora uma adolescente e sua forma de relacionar-se com Ókumdara era outra. Continuava escrevendo seus livros e suas aventuras, dedicando-se a montagens teatrais e saraus artísticos, fazendo mais e mais pessoas acreditarem num mundo fantástico e cheio de magia, mas ela própria não podia mais abandonar seu próprio mundo. Era a vez de outras crianças viverem aquela jornada encantada.

Com o passar dos anos, os seis amigos acabaram separando-se, indo para lugares diferentes, seguindo seus caminhos e vivendo suas vidas. Nenhum deles jamais voltou a ver um elfo, um duende ou um dragão; todos, porém, cada um a seu modo, ajudaram a preservar a Terra dos Encantados, carregando Ókumdara sempre viva em seus corações.

8.

O retorno

Luara agora já contava com 93 anos de idade. Tinha uma família enorme e unida com muitos filhos, netos e bisnetos, e havia dedicado sua vida a escrever livros e roteiros teatrais e cinematográficos magníficos sobre Ókumdara e o povo Encantado. Suas histórias fabulosas povoavam a imaginação de gerações e gerações de homens e mulheres de todas as idades e, já há muitos anos, a agora "senhora" Luara passava as tardes e finais de semana narrando aventuras e jornadas incríveis a seus netos que pareciam nunca se cansar de ouvir os relatos emocionantes da avó sobre os seres fascinantes da Terra das Encantados.

Hoje, porém, ela sentia-se muito cansada, as pálpebras pesadas olhavam com dificuldade para os netos e filhos ao redor de sua cama e, após um longo suspiro e um curto sorriso, ela fechou os olhos e adormeceu profundamente. Tudo escureceu.

Subitamente, Luara escutou uma voz familiar que a chamava de seu sono profundo:

— Luara! Luara, acorde, vamos! Estamos esperando!

Luara então abriu os olhos e não acreditou no que viu: era Hamiser que estava ali, ajoelhado ao seu lado, segurando-a pela mão e chamando seu nome. Atrás do elfo, aguardando e sorrindo em silêncio estavam ainda Agna, Cléo, Aisha, Totzah, Uria e Lexus.

— Não pode ser! — Exclamou Luara emocionada enquanto apertava Hamiser num longo abraço. — Eu devo estar sonhando! Acho que faz quase 80 anos que não os vejo!

— É verdade — respondeu Hamiser sorrindo. — Então se apresse e monte em Agna, pois temos muitos assuntos atrasados para colocar em dia! O povo de Ókumdara aguarda o retorno de sua mais nova guardiã.

— Ah, Hamiser, meu querido — continuou Luara com a voz desanimada —, acho que não vou conseguir montar em Agna. Os Encantados não envelhecem, mas eu não sou mais a menininha de antes, estou com 93 anos!

— Do que você está falando, Luara? — Insistiu o elfo. — Deixe de bobagem e olhe para você!

Luara soltou um grito de espanto quando olhou para si mesma. Seu corpo não parecia mais o corpo de uma senhora de 93 anos, mas sim o corpo da mulher bela e formosa que ela fora no auge de sua juventude.

— Meu Deus! Como pode?

— Teremos tempo para muita conversa, Luara. Mas agora monte em Agna e vamos!

Luara então olhou para trás e viu seu próprio corpo imóvel e envelhecido deitado na cama e rodeado dos parentes que choravam. Com ternura, aproximou-se de cada um deles beijando-os no rosto.

— Meus queridos — disse ela com voz tranquila —, não se entristeçam por mim. Eu estou bem, melhor do que nunca, e estarei sempre por perto. Onde houver alguém que acredite em fadas, duendes, elfos, dragões e Papai Noel, lá eu também estarei.

Agna curvou-se para que Luara pudesse montar, e, a um sinal de Hamiser, todos desapareceram retornando para Ókumdara, a Terra dos Encantados.

Fim